明
室
Lucida

照亮阅读的人

即使不努力

[韩]崔恩荣 著
杨雪梅 译

北京联合出版公司

爱并非一种需要努力找出证据的痛苦劳动。

作者的话

把长期以来刊登在各杂志上的小说编辑成书时,一段段往事不禁浮上心头。

在陌生的海边因未知的未来而烦恼的记忆(《德比·张》),漫无目的地四处行走的记忆(《汉南洞楼顶游泳池》),哀悼逝去的猫咪的记忆(《临时收养日记》《梦中》《无薪休假》),无法和朋友坦诚相待的记忆(《即使不努力》《树林尽头》),看到暴力公益广告的记忆(《手写信件》),喂养小鸡的记忆(《你好,咕咕》),不喜欢吃肉的童年记忆(《好日子》)……

对写作过程较长的我来说,每次写短文

都会面临很大的挑战。如果不注意,我会发现自己经常用力过度,于是时不时停下来,不让自己过于僵硬,尽可能放松下来。因为从过往的经验中我意识到,如果费尽心思、刻意努力的话,生活会更加不如意,写作也会更加不顺手。在写作过程中,我学习到一点:一切顺其自然。尊重这一规律,是我对写作和自己应持的唯一态度。于是,我决定不再勉强自己,一切顺其自然。

二十年前,我还是一名大学新生,面对不合理的社会结构,我曾痛心不已,但我依然满怀期待地认为,随着时间的流逝,一切都会好起来。然而,时间什么都保障不了。如果说在过去二十年间有什么好的变化,那还要归功于那些冒着生命危险勇敢抗争之人的不懈努力。在这一过程中,有人甚至献出了自己的生命。

对于那些要求得到最低限度的权利保障的人，我看到有些人说，你们得到的已经够多了，不要再要求什么了，还有人说不要再给人添堵，不要再添乱，要温和地表达自己的意见。我看到有人竟把别人的不便当成笑柄，还看到有人以更明目张胆、更公开的方式把弱者逼至困境。人性的道德基准似乎越来越低。如今，我已不再相信随着时间的流逝，很多事情会自然变好之类的话。我们需要更加努力。

对我来说，成为一名作家是一种可怕的幸运。在以后的写作生涯中，我会一如既往地珍惜每次发声的机会，虔诚地对待赋予自己的空白纸张。非常感谢给予我这次良机的出版方"心灵散步"。向每天教给我如何去爱的米奥和波特,以及猫星球上的雷奥和玛丽献上我至诚的爱。

以后我们会更加相爱。

2022 年的一个温暖春日

崔恩荣

我们需要的仅仅是这些：
可以成为彼此的大耳朵的时间。

目 录

即使不努力　001
德比·张　019
梦中　041
树林尽头　059
我们无法学会的东西　079
汉南洞楼顶游泳池　089
傍晚散步　099
我们荡秋千时说过的话　117
文东　125
好日子　133
手写信件　149
临时收养日记　163
你好，咕咕　181
无薪休假　191

即使不努力

在我初三毕业的那年冬天,妈妈进了祈祷院。名义上是祈祷院,其实是个邪教团体。在那之后,爸爸带着我离开了我出生成长的P市,搬到了位于首尔市的奶奶家。我好不容易通过联合考试考上的学校也不得不放弃。搬家两天后,我转学到首尔的一所高中,那里没有一个认识的人。

突然来到一个陌生的教室,记得当时我非常茫然,不知道待会儿要和谁一起去食堂,体育课又要和谁一起去操场。我小心翼翼地问同桌和谁一起吃饭,她指了指坐在前面的同学。没有听到满心期待的那句"没有朋友的话和我们一起吃吧",我感到了一丝尴尬。如果学期初不能融入朋友圈子,可能会永远错失机会,想到这里,我不禁焦虑起来。

就在这时,坐在我后面的同学跟我搭话了。她叫宥娜,个子高挑,含有笑意的双眼十分漂亮,性格外向活泼。课间休息时,很多同学都围在她身边,她是个很受欢迎的女孩子,所以起初我猜她肯定不会和我做朋友。那天,我、宥娜以及她初中时就认识的两个朋友一起吃了午饭。"你真可爱。"听到宥娜的话,我不禁红了脸。这么受人喜欢的女孩子竟然向我示好,我心里顿时紧张起来,于是愈发想要讨好宥娜了。

就这样过了一周,又有两名同学加入我们的团体。在小吃部吃炒年糕时,那同学问宥娜:"那我现在也属于你们的团体吗?"那同学的表情看起来是那么迫切。"是的,你现在和我们是一起的了。"得到宥娜的认可后，那个女孩满脸喜悦的神情，至今依然历历在目。

在下一周的班长选举中，宥娜当选。听同学们说，宥娜很有名，她成绩好，运动棒，唱歌好听，画画出色。我虽然已正式属于宥娜的团体，却总是惴惴不安，担心她很快会发现我并不怎么有趣，不适合和受欢迎的同学一起玩。在宥娜的小团体中，我和善雅走得最近，但我打心眼里最喜欢的还是宥娜，这话我从未向别人说过。我经常听宥娜喜欢的"过山车乐队"的音乐，看宥娜喜欢的时尚杂志《茜茜姐妹》。不知从何时起，我发现自己竟以宥娜的视角来看自己。我很好奇，宥娜到底在我身上发现了什么闪光点呢？

因为和宥娜家的方向不同，我们不能一起上下学。虽然同属一个小团体，但我们还没亲密到单独在一起玩的程度，在校外也未见过面。一天，我正在读从社区图书馆借的书，宥娜问："怎么办那边的图书证？"看到宥娜的反应，我十分激动，于是回答，如果想办图书证，可以和我一起去。星期六下课后，我们两人单独去了图书馆。办完图书证后，我向宥娜介绍了几本好书。

"你和其他同学不太一样。"

在图书馆楼顶的长椅上，宥娜看着我说道。我心想，我最终还是被宥娜看透了，我的预感没错，如果宥娜在初中时就认识我，肯定不会让我加入她的小团体。我有些不知所措，一时说不出话来。只见宥娜笑了笑，像是在安慰我，说：

"你很成熟，总是笑容满面，不过偶尔显得有些忧伤。"

我若无其事地换了个话题，但宥娜的那句话一直在我心中回响，因为我也一直这么认为。听到有些女生发牢骚说"妈妈天天唠叨，真烦人""妈妈做的饭菜不好吃"时，我经常暗自嘲笑她们，真是不懂事，太幼稚了。我妈沉迷邪教，我可能再也见不到她了——我不能这样大声说出来。我自认为，我的不幸，以及不能吐露心声，只能默默忍受的样子，是成熟的表现。

宥娜说在我的笑容里看到了悲伤，此后很多日子里，我经常想起这句话，因为这句话就像是宥娜对我固有特性的认可。意识到这点后，不仅在宥娜面前，而且在和其他同学一起时，我也努力展现出更加懂事的一面，让自己显得不轻浮。尽管如此，我依然不想让同学们知道我的情况，所以，连最亲近的善雅都没告诉。在法律上，爸爸妈妈仍然是夫妻，当时我以为妈妈很快会回来。

但是，一年过去了，妈妈还没回来。上高二时，我们小团体的成员被迫分开，只有我和宥娜分到了同一个班级。宥娜再次当选班长，她把初中时就很要好的两个女孩、小学时的一个朋友,还有我,组成一个小团体。我们有五个人,但我总是"另外一个"。虽属同一团体,其他同学却从未向我敞开心扉,她们似乎希望我感到疲惫后,自行离开。这种情况下,宥娜依然很照顾我的情绪。周六下课后,她经常和我一起去图书馆楼顶聊天,有时还去视听室一起看电影。高二第一学期结束后,我预感到,妈妈也许永远不会回来了,对她的思念也随之转变成同样强烈的愤怒。

第一学期期末考试结束后,学校在放假前组织我们去庆州市进行修学旅行。记得当时,我们为穿什么样的衣服才既不会太显眼,又不会让人觉得土气而苦恼。于是我们一起去梨花女子大学前面的商业街买了T恤和裤子。到了庆州的一家青年旅舍,我们十个人住进一个大房间。有同学拿出几盒盒装烧酒,大家转圈轮流喝,对着盒子一人一口。我的体内没有分解酒精的酶，这一事实我之前并不知道。后来我醉得不能走路。宥娜扶我去上厕所，在里面我一顿呕吐，宥娜轻拍着我的后背。

恶心的感觉消失后，心情莫名舒爽起来，感觉压抑着的沉重情感和想法变得像羽毛一样轻盈。我真真切切感受到了自己对身旁的宥娜的喜欢，听到了自己心脏跳动的声音。一直伴随着我的害羞和羞愧在此时失去了力量，莫名的勇气从内心深处涌了上来。我一直梦想的自己——说话从不吞吞吐吐，勇敢地畅所欲言——没想到仅凭几口烧酒就轻易实现了。

"宥娜呀。"我呢喃道。

我们坐在紧急出口的台阶上，我把头靠在宥娜的肩膀上。宥娜虽然没有拒绝，但她似乎并不喜欢这种氛围。我感觉我们就像坐在一艘晃晃悠悠的小船上，恍惚中，我依然能感觉到宥娜正忍受着和我单独在一起的时间。这样的宥娜对我到底有什么期待呢？我抬头望着宥娜。空气像水一样随风荡漾，宥娜的脸看不清楚。

"你知道我为什么来首尔吗？"

"不知道，你没说过啊。"

"这事我对善雅都没说过……"

宥娜好像对我的话有了兴趣，于是我一股脑地说出了自己的秘密。妈妈怎么沉迷于邪教团体，如何慢慢远离家人，最终又如何离开我们，我们不得不搬来首尔的奶奶家时我的状态如何，一直隐瞒这一事实的我心情怎样……在我讲述的时候，宥娜不时做出很有共鸣的表情。宥娜知道了我的一个秘密，我感觉我们的关系更加特别，已不同以往。

"不要告诉其他同学。"

"当然了，这是你我之间的秘密。"

说着，宥娜轻轻抚摸我的头发。"心里

一定很苦吧？藏着这么大一个秘密，该有多累啊！"听到宥娜的话，我感觉自己得到了她的认可。

成人之后，回首往事的时候，我想，自己当时之所以说出秘密，并非为了得到宥娜的理解，而是想让宥娜认为我是一个特别的人，希望她用一种不同于看待他人的眼光来看待我。

但是修学旅行回来后，我和宥娜的关系并无变化。上高三时，我和宥娜被分到了不同的班级，除了偶尔和大家一起见面外，我们两人再未单独见过。后来我俩考上同一所大学的同一个学院，但路上遇见时只是打个招呼。高中时看起来那么特别的宥娜，在大学校园里却形单影只，脸色苍白。看到她这副样子，我不禁好奇，对于真实的宥娜我究竟了解多少？我之所以喜欢她，是因为宥娜本身,还是因为我艳羡她那么受欢迎?

我想,也许我从宥娜身上看到了理想中的自己:被人喜爱、优秀出众。最重要的一点是,她是一个很有力量的人,似乎从不被别人左右或被动行事。也许我是羡慕她的这种内在力量吧。

但我依然非常好奇,宥娜到底在我身上发现了什么闪光点?为什么会主动向陌生的我伸出援手,和我做朋友?又为什么对我十分亲切,同时又坚决不让我靠近?我从宥娜身上感到一层隔阂,即使在我认为我们最亲密的时候,也能感受到她并不希望我靠近,所以对宥娜的情感投入让我深深受伤。上大学后,宥娜不再参加我们小团体的聚会。在校园里偶然遇到她时,我虽然经常笑着打招呼,但我心里总压着一股冰冷的愤怒。

大学最后一学期,爸爸向妈妈提出了离婚诉讼。妈妈不想脱离邪教组织,我不再期待她会回到我们身边。父母离婚后不久,我遇到高中同学善雅,和她第一次谈起了妈妈的事情。我还担心自己向她隐瞒了这件事,她会不会十分惊讶,感到失落,不过善雅并没有惊讶。看着她的表情,我明白她已经知道了一切。这时,我想起唯一知道这件事情的人——宥娜。

"你都已经知道了啊?"

听到我的话,善雅点了点头。

"不能直接问你,听到了传闻本就觉得对不住你了。但是……"

善雅用吸管搅着咖啡,接着问道:

"你都没告诉我,为什么要告诉宥娜?"

善雅的声音有些颤抖。就在我犹豫该如何回答时,善雅又开口道:

"知道你很喜欢宥娜。要是宥娜再和你走近一点,想必你就不会跟我玩了。"

"才不是呢,别这么说!"

虽然嘴上这么说，但我心想，应该就是那样的。没错，那时候的我最想得到的是宥娜的关心和喜欢。

"那时候，班里同学都知道你妈妈的事，真没想到你到现在才知道。你那么喜欢那种人，这也伤害到了我。"

"那种人？"

"是的，她从不把我们当朋友。看上去很亲切，但仅此而已。她没有交友能力，总是戴着面具，把自己的一切都藏得严严实实，想想都可怕。"

听着善雅的话，我点了点头，却无法像善雅那样认为宥娜是一个彻头彻尾的可怕之人。

和善雅分开后，在回家的路上，我想起一度忘却了的一个场景。上高三时，同桌小心翼翼地问我："你妈妈住在邪教团体里吗？"她分明这么问过我。"不是啊，你说什么呢！"说完我若无其事地把视线移到习题集上。当时就应该想到是宥娜泄露了秘密,但我对宥娜没有半点儿怀疑,因为当时的我根本不会想到她会这么做。想起那段往事,我流下了很久之前就该流下的泪水。

此后,当宥娜再向我挥手打招呼时,我都装作没看见。如果看到她从对面走过来,即使知道她已经看到我,我依然会转身绕道走。我恨宥娜,但更恨的是我自己,我实在无法原谅过去如此真心地相信并喜欢宥娜,因无法更靠近她而感到惋惜的我。是啊,你小看我了,你到底有多大能耐,竟这样玩弄人心?!对宥娜的羡慕其实也源于我长久以来的自卑感。直到开始憎恨宥娜,我才接受了这一事实。

大学毕业后,宥娜做了会计师,此后,我偶尔会从同学那里听到她的消息。她工作十分努力,很少和高中同学见面。我毕业后进入一家广告公司,二十几岁时一直忙于工作,等到孩子读了小学便不得不辞职。为了不放弃工作,我曾硬撑着坚持工作家庭两手抓,但随着新冠肺炎疫情的蔓延,孩子无法去学校上课,没有办法,我只好辞职。

辞职的那段时间,我们正准备搬家,整理书架时看到作家殷熙京的小说《鸟的礼物》。掀开封面,看到忘却已久的宥娜的字迹。"生日快乐!希望我们可以更靠近彼此。你能成为我的朋友,我很开心,也很感恩。"

抚摸着宥娜的字迹,我明白了,很久以前我就已经放下了对宥娜的愤怒,以及从她那里受到的伤害。那时候,我总是因为宥娜而感到自卑,所以她说喜欢我的话,我总是不太相信。因为太喜欢宥娜,所以和宥娜在一起时,我总是变得不自然。一直以来,我都以为是宥娜不让我靠近她,但多年以后,我才发现首先靠近的总是宥娜。无论说要交朋友，还是去图书馆，说喜欢，说想要更靠近的人，其实都是宥娜。

我仍然无法理解宥娜基于怎样的心态泄露了我的秘密，但我并不想把它归结为：她是个表里不一、无比狡猾的人，她有意想伤害我。不过，即便这是事实，即便宥娜不喜欢我，我想也是可以理解的。因为当时的我们会把爱和恨、羡慕和自卑、瞬间和永恒混为一谈，会认为"可以为之付出生命的人，同时也想对其施加伤害"这样的想法并不矛盾。

我以为自己将永远无法原谅，我以为不论我对宥娜是何种心意，它们一直都是那么夸张过度，不过现在的我，即使不努力，也会自然地想到宥娜，不带任何感情。也许我永远不会理解她，不过，我依然十分好奇：在宥娜的记忆中，我是什么样子的呢？她又会怎么想现在的我呢？

德比·张

在意大利小镇奥尔维耶托的一座钟楼上，我遇见了德比。

想要上到钟楼顶部，必须走一段又窄又陡的螺旋长楼梯。我气喘吁吁地爬到顶部，看到了在旅游书中见过的大钟。当我靠近大钟，踮起脚尖向钟内看时，听到有人在另一边朝我大喊。循声望去，只见一个瘦削黝黑的亚洲男孩向我招手，示意我过去。当我环顾四周确认除了我是否还有其他人时，他摆出用双手捂住耳朵的姿势。此时钟声响起，一种让人头痛欲裂的声音。像是被那声音击中，我蹲在原地捂住耳朵。钟声又继续响了一会儿才停止。

等钟声响过,我站起身来,那个男孩朝我走过来。"你还好吧?"他问道,然后指着自己的手表说现在是一点,他知道钟声马上就要响了,所以就离得远远的。

我斜眼打量着这个男生。虽然我也是一个寒酸的背包客,但他的样子更寒酸。身体干瘦,身穿及膝的阿迪达斯短裤和一件黑色无袖T恤,不知是不是没涂防晒霜的缘故,脖子和胳膊都晒脱皮了。还未脱去的死皮,如鱼鳞一般粘在胳膊上,风一吹便轻轻飘舞起来。胳膊上的脱皮部位被阳光晒得通红,这样下去肯定会起水泡的。我皱起了眉头,就像自己脱皮了一样。

"你不涂防晒霜吗?看上去挺疼的。"

说着,我从包里拿出防晒霜递给他。他一手挤出防晒霜,一手小心翼翼地往脸、胳膊和脖子上涂。他若无其事地说自己本来连大夏天都不涂防晒霜的,但意大利的光照有些超乎想象。

"这个你拿去用吧,我有很多呢。"

"真的吗?不用啊。"

他嘴上虽然这么说,却把防晒霜放到自己背包里了。

"我叫德比,你呢?"

"我叫南熙。"

"你是从韩国来的吧?"

"是的。你呢?"

"香港。"

我们从螺旋楼梯缓缓走下来,没有说话。走出钟楼时,我打算跟他道别。

"你现在要去哪里?"

当我正要回答时,突然感到一摊湿热的东西落在了头上。是鸟屎!我惊慌失措地从包里拿出一块口香糖纸放到头发上。他马上从口袋里掏出湿巾,撩起我的几缕头发,不慌不忙地擦掉鸟屎，然后又从包里拿出水瓶，用湿巾蘸着水，更加仔细地擦拭我的头发和头皮。我红着脸连说了几声谢谢。

然而，不管怎么擦都没用，不能这样去坐公共交通，我们只好去超市买了洗发水。在公共厕所的洗手池里，我洗了头发，然后用德比包里的运动毛巾擦了擦。

我们坐在可以看到大教堂的路边长椅上，在午后的阳光下晾着头发，耳边吹来沁人心脾的微风。坐在那里，我听德比讲了他的故事。他今年二十三，跟我同岁，专业是机械工程，希望未来成为一名飞机机械师。他说，看完《天堂电影院》后，决定一定要去意大利旅行一趟，然后不到一周时间，他就到了罗马。他刚来几天，接下来会去西西里岛，顺便走访沿途意大利大大小小的城市。

"我是昨天到的，今天是第二天。"

我以为他会问我为什么来郊外，而不去

罗马城走走，但德比并没有问。我向他介绍自己说，我正在找工作，经常被鸟屎砸中。还说我买了最便宜的机票，从仁川到罗马花了二十四小时，中途在台北和曼谷各转机一次。我还告诉他我喜欢九十年代的香港电影，尤其喜欢张曼玉，这时他脸上露出了开心的笑容。

"我小时候见过张曼玉。"

"什么？"

"我父亲曾在电视台做摄影师，我去玩的时候见过。"

"真的吗？"

"真的，她还给我糖吃，还跟我说话了呢。"

"不是在骗我吧？"

"不是。"

我开始兴奋地跟他讲我为什么喜欢张曼玉。"不是喜欢，应该说是爱吧。第一次在大银幕上看到她时我就爱上她了。她低沉的嗓音，笑的时候一边微微上扬的嘴角，美丽的眉毛，还有那双清澈的眼睛，即使什么都不说，也比说一百句更传神。张曼玉是真的人吗？你真的见过张曼玉吗？"

"大概两年前？在街上也偶遇过。"
"骗人。"
听到我的话，他耸了耸肩，笑了笑。
"说不定有一天你也会遇到她。"
听到这话，我苦笑了一下。

那天，我们逛了奥尔维耶托，然后一起坐火车返回罗马。在返回泰尔米尼站的路上，我发现我们有很多共同点：喜欢电影，害怕新的挑战，都是在冲动之下买了来意大利的机票，开启了说走就走的旅行。我还知道了他的名字为什么是德比，以及对在香港出生长大、拥有英国国籍的他来说，香港和内地意味着什么。

在那之前,我一直以为汉语普通话和粤语是可以互相交流的,对香港和内地的关系也了解不多。对德比来说如此重要的问题,我却一无所知,对此德比起初有些惊讶,接着慢慢向我做了解释。看着他,我开始为自己的无知感到羞愧,明明对香港人的真实生活漠不关心,却说自己喜欢香港电影。大概在我们快到泰尔米尼站的时候,我甚至对他产生了一丝愧疚。

他说要在罗马再看看,然后去那不勒斯,在近郊旅行几天,最后去往他的最终目的地——西西里岛。我说我没有什么特别的计划,想去佛罗伦萨、维罗纳和威尼斯等地转转。"那就此道别啦。"在泰尔米尼站前,他这么说着向我挥手告别。望着他远去的背影,我没有挪动脚步。他像想起什么似的,转身朝我大喊:

"谢谢你的防晒霜!"

几天后,在从罗马开往佛罗伦萨的火车上,我沉沉地睡着了。听到乘务员叫我,半睡半醒中,我睁开眼睛,把车票递给她。真是疲惫的一天。乘务员告诉我这趟火车不去佛罗伦萨。

"你应该在下一站下车。"她说。

"下一站是哪里?"

"那不勒斯。"

夏天,太阳下山虽然晚些,但当我在那不勒斯站下车时,四周已是漆黑一片。我走到公用电话前,给导游书上的几家客栈打电话,预订了一个床位,然后朝那里走去。客栈位于一条狭窄的小巷,当我到达那里时,因炎热和紧张已浑身是汗。六人间的宿舍里有个小露台。我站在露台上,看着对面的建筑。每个露台的晾衣绳上都挂满了洗好的衣物,有人靠在露台上边聊天边欣赏夜景。按计划,我现在应该在佛罗伦萨阿尔诺河畔的某个客栈睡下了，但站在那不勒斯的露台上，吹着习习凉风的我，不知为何并不讨厌这一刻。

第二天，在客栈餐厅里吃早餐时，我见到了德比。看到彼此后，我们并没有很惊讶。他端着餐盘，来到我坐的这桌。"不是往北走吗，怎么来那不勒斯了？"他问道。于是我把自己的情况说了一下。他取笑了我好一会儿，说怎么那么傻会坐错火车。可能是涂了防晒霜的缘故吧，他脖子处的皮肤已经不再红了。我旅行还不到一周，不知为何已经感到有些孤独了，虽然不想承认，但孤独总是突然来袭。就在这时，我又遇到了德比，我能感觉到，见到我他也很开心。

那天，我和德比去了海滨小镇波西塔诺洗海水澡。刚浸到海水里，就下起了阵雨，我们默默地淋着雨泡在海水里。还要一起旅行多久，接着去哪里，这些我们都没有提。第二天，我们去了庞贝古城，接着又去了卡普里岛。在卡普里岛的山顶上,德比对我说,他有一个爱人,有一天他会跟她结婚,然后来这里度蜜月。竟然不说女朋友,而是爱人,还说要结婚。此时的德比,在当时的我看来,是那么单纯,甚至有些笨拙。

我和德比一起旅行非常合拍。我们的预算和开销差不多,比起去一些著名旅游景点,我们更喜欢在大街小巷里闲逛。我们口味也非常相似,都不喝咖啡,都喜欢窖藏啤酒。一天的行程结束后,我们会坐在客栈厨房的餐桌上,面对面讨论一天的支出,甚至连一美分也要平分。整理结束后,德比开始给他的"爱人"写信,而我冲澡上床睡觉。我们想方设法地控制预算,在超市里买面包和果酱做成三明治凑合着当午饭吃,有时甚至不舍得买矿泉水,就喝水管里的水来解渴。在这么艰苦的条件下,德比还不忘给爱人买可爱的纪念品和明信片,每离开一座城市,他都会买邮票把信件寄到香港。

在去往西西里岛的火车上,德比跟我讲起她的故事。当穿越墨西拿海峡时,听着她的故事,我不禁对这个从未谋面的女孩子产生了好感。我能感觉到德比对她的感情是一种对一个生命个体的尊重和支持。德比起初提到"爱"这个词时,我之所以有些抗拒,我想,也许是那些曾向我表白"爱"的男人们的缘故吧。可能在我看来,他们陶醉在"如此爱你的我"中的样子,以及当我不接受那份告白时,他们以我不喜欢的方式向我施压的回忆都玷污了"爱"这个词。"爱"这个字眼如同一种威胁,让我无法忘记内心深处不断颤抖的记忆。

我们到了《天堂电影院》的主要场景所在地——切法卢。这是个宁静祥和的小镇,跟意大利陆地上的其他小镇不太一样。看到一对年轻夫妇带着两个孩子来海边玩耍，德比说，他也想拥有这样一个家庭。他说，如果问我一生中最大的梦想是什么，我会回答就是拥有一个自己的小家，给予妻子和孩子无条件的爱。

"在成长过程中，你也感到过孤独吗？"这个问题我没有问出来，因为我想，对不孤独的人来说，充满爱的家庭并非像梦想那般是个高远的目标，而是像空气和水一样，是一种自然而然可以享受到的存在。

"你真是个浪漫主义者！是不是已经把孩子的名字都取好了呀？"

我开玩笑似的对德比说，然后站起身来。那一刻，我发现自己甚至不能像德比那样做梦。因为我唯一的目标就是，找一份稳定的工作，不麻烦他人，老后衣食无忧。什么家庭，什么孩子，对我来说都是一种奢侈。生活本身已经很艰辛了，没有时间做那种缥缈的美梦。虽然心里是这么想的，但我也没有自信能那样活着。想不想过那种生活？对于这个问题，我无法给出准确的回答，因为我也不太清楚自己想要什么。

我们一起旅行了十天，后来我先离开意大利。在巴勒莫的公交车站，德比递给我一张明信片，上面用水彩画着奥尔维耶托的钟楼。我踏上车，向他挥手告别。仅仅一起旅行了十天，我却对他产生了一种莫名的亲密感，嗓子有些哽咽。坐上巴士，在去往机场的路上，我哭着读了德比写的明信片。"小心鸟粪，别坐错车，感谢你的陪伴。"在明信片的末尾，写着德比的电子邮箱和博客地址。

德比是一名用英语撰写电影评论的博主。截至我们见面的二〇〇五年，他已上传了一百多篇评论，且每周至少发布两篇新文章。他的文章写得很有意思，所以读完后，我也会跟帖发表对电影的想法。我们一直保持邮件联系，后来没过多久，我们都大学毕业了。德比很快找到一份飞机机械师的工作，而我毕业后花了一年半的时间找工作。二十六岁那年，我好不容易进了一家公司，干得非常辛苦，但又觉得除了这家公司外我别无选择，所以不得不忍了下来，结果我的身心健康因此大大受损。我当时心里一直默念：至少熬三年，积累经验后再跳槽。就这样忍受着三个小时的通勤时间，我慢慢成了一个无比敏感的人。

每当想起和德比的意大利之行，我总会产生两种情愫。一种是在那个天空、大海、小巷、晚霞，甚至连晾晒的衣物都看上去那么美好的地方，我冰冷的内心逐渐融化的瞬间是那么令人怀念。另一种是聊到爱情、梦想的话题时，德比那种纯真和浪漫的想法总让我产生动摇,这让我很烦躁。因为他是个有技术、具备就业能力的人,所以才能如此从容地高谈阔论。德比在博客上推荐的那些电影,以及他那温暖细腻的评论,开始让我感觉有些碍眼了。

二十七岁那年,在我入职第二年的艰难时刻,德比用邮件发来一封请柬。上面写着,他要和自己深爱的女孩结婚了,希望得到祝福。请柬里的德比已不是我认识的那副样子。他脸上和身上都长肉了,不再瘦削,头发打理得整整齐齐,脸上写满了自信与从容。女友比德比大两岁,那一年她获得了物理学博士学位。他该多为自己的女友感到骄傲啊,即使闭着眼睛,我也能想象出他的表情。

"恭喜你美梦成真,德比。"

写到这儿,我不禁陷入沉思。

"德比,我又坐错车了。"

德比非常清楚自己需要什么，并且拥有实现梦想的乐观精神。这是我和德比之间的根本区别。人们会嫉妒比自己拥有的多一点的人，但不会嫉妒比自己拥有的多很多的人。因此，我甚至都不能嫉妒德比。

即使过了我与自己约定的三年期限，我仍然没能辞掉第一份工作。明明没有跳槽的信心，可又不愿承认，于是列出公司的一条条优点，选择留在那里。我不喜欢变化，比起不确定的可能性，我更愿意习惯不幸，并接受现状。"大家不都这么活吗？"当我这么说服自己时，会经常想，我已经二十九岁了，一切都为时已晚。太晚了，来不及再追求另一种生活；太晚了，来不及开启真正的人生了。

二十九岁那年的初冬，德比发来一封简短的邮件。

在香港机场登机之前，他给我发了这封

邮件。我确认了一下时间,德比现在已经到达韩国。他说预订了东大门区的一家商务酒店。在邮件中,他还平静地讲述了过去三个月的经历。他说太太走了,办完丧事,搬出了原来的房子,香港太狭小,实在受不了,于是,随便买了张来韩国的机票,后来才想起我住在韩国。我读到邮件时是星期三上午。我回复德比,我要去公司上班,如果方便的话,可不可以来我公司所在的九老洞。我还努力用不太擅长的英语写了一些安慰的话,但总感觉那几句话分量太轻。

我们在公司附近的一家寿司店见面。他穿着一件黑色的鸭绒羽绒服,可能是到韩国后才买的,价格标签还在上面。"你就这样走了一路吗?"我从笔盒里拿出美工刀,把标签割了下来,然后和他面对面坐下。尽管室内很暖和,他却一直没有脱掉羽绒服。

"韩国很冷吧?你请了几天假?饿不

饿?"我不知道该说什么,连续抛出几个问题。德比瘦削的脸上勉强挤出了笑容,对我的问题一一作了回答。看到他的那副样子,我不知为何哽咽了,当寿司端上来时,我的眼泪夺眶而出。"南熙,南熙,我没事儿,我真的没事儿。"反而是德比安慰起我来,我不明白自己为何如此悲伤,为何泪流不止。德比是一个值得拥有幸福的人,她也同样。

我擦干眼泪,望着德比。他缓缓说道:

"南熙,我一点儿都不后悔。我很幸运。我不是和她相遇并相爱了嘛,那是一种什么体验,我不是已经感受过了嘛。小时候,我不明白自己为何要出生,但现在我明白了,我就是为了体验这份爱才出生的。现在明白了这点,这已足够。"

我望着德比,轻轻点了点头。看着他的表情,我明白,他的这番话并非自我安慰式的谎言。如果换作以前的我,肯定会在心里嘲笑他想法天真幼稚。不过，在我听到这番话的瞬间，我完全接受了他说的一切，因为德比并不仅仅是一个单纯的浪漫主义者。

德比在首尔待到那周的周末后返回了香港。除了发表电影评论的博客外，他不再使用其他社交媒体，三十岁那年的夏天，他连博客也关了。我们也只是在彼此生日的时候，互发电子邮件问候一下。三十八岁那年的夏天，在妻子去世九年后，德比再婚，次年迎来了他们的第一个孩子。

三十六岁那年，我曾去香港出差。那时，我没有联系德比，因为我感觉我已离他太远，不想再去打扰他的生活。第一次去香港，我坐了《重庆森林》中王菲乘坐的半山扶梯，去了《甜蜜蜜》中为纪念张曼玉和黎明的偶像邓丽君而建造的咖啡馆，还去了《花样年华》中张曼玉和梁朝伟一起吃饭的金雀餐厅，又爬了《星月童话》中出现的太平山。在太平山上，眺望着香港的夜景，我想起身在某处的德比，还回想起二十出头时沉迷于香港电影的年轻岁月，以及自认为在跟德比一起旅行时尚未成熟的自己。

回韩国的那天早上，我早早起床，在酒店附近的都爹利街散步。我走上空荡荡的楼梯，看到有人从上面走下来。当我看到穿着牛仔裤和皮夹克慢慢走下来的人时，不禁定住了，无法继续前行。意识到我的视线一直停留在自己身上，那人仿佛习以为常，冲着我调皮地笑了。当她离我越来越近时，我想起德比的一句玩笑话。

说不定有一天你也会遇到她。

梦中

正敏每天都做梦。有时梦见自己在漆黑的夜晚，迷失在陌生的城市里；有时梦见自己乘坐的电梯不断坠落；有时梦见河对面的美丽城堡，自己却只能驻足远望，无法到达那里；有时梦见自己要教学生自己都不会的西班牙语；有时梦见结婚典礼马上就要开始了，自己才慌忙挑好礼服；有时梦见自己乘坐火箭环绕地球；有时还梦见发现公共洗手间的马桶要么很脏，要么没有门，哪里都不能用……

梦中，她总会去一些地方。有时是总让人感到孤独的亲戚家，有时是高中的教室和食堂，有时是初中一年级的教室和附近的胡同，有时是和爷爷奶奶一起住过的走廊式公寓小房间，还有时是只有在遥远的未来才会出现的商住两用大建筑，她经常梦到自己在那里寻找自己的家。

如果在梦中她因迷路徘徊许久或遭遇困难，那么起床后依然会深感疲惫。即使用遮光窗帘遮住所有光线，戴上耳塞，穿着尽可能舒适的睡衣睡觉，她依然不能酣眠。每次醒来，都有种看了场电影般的感觉。听说镁对睡眠有益，她便试着吃了些含镁的食物，但都没起到什么作用，运动也不见成效。小时候睡得太沉曾是个大问题，那时她经常听到这样的指责：你睡觉的时候，谁把你背走了你都不知道。

成年以后，她的睡眠总是被梦境蚕食。她生性敏感，随着年龄的增长，即便是很小的压力，也会令她筋疲力尽。养了小猫咪"金德"之后,它的小动静总让她十分在意,所以她一直睡得很浅。正敏和金德一起生活了十五年。

金德经常挨着正敏的脸睡觉。夜深人静时,当她突然睁开眼睛时,经常看到金德正蜷着身子睡觉或呆坐着看自己。

"正敏啊!"

梦中,去世的爷爷经常呼唤正敏的名字。看着窗外时会喊一声"正敏啊",站在水槽前也会自言自语一句"正敏啊"。"爷爷怎么了?"当正敏询问时,爷爷却回答"没什么",似乎没有意识到自己叫过正敏。爷爷不是在叫物理意义上的正敏。

"金德,金德,金德呀。"

金德走了三年了,但正敏依然会不自觉地呼唤金德的名字。你为什么不在我的梦中出现?一次都没有。正敏经常暗自埋怨它。

不只金德是这样。正敏思念的存在都从未出现在她的梦境中。去世的爷爷是这样，很久以前分开的润伊也是同样。每每听人说梦见过世的家人或宠物了，如现实一样真切时，她都感到无比羡慕。即使是梦境也好，即使是幻想也好，她也很想梦见他们，哪怕只有一次。

虽然睡眠质量不是很好，但对日常生活并无大碍。正敏有工作要做，她每天六点起床。正敏知道，正是这种规律的日常生活让自己活了下来。因为有了这种强制性，生活才得以运转。一到休息日的早上，她就睁不开眼睛，做各种令人头晕目眩的梦。也许是因为对起床后的一天没有任何期待，所以起床才会如此艰难吧。

托儿所的工作能做到什么时候呢？开始做这份工作仿佛只是昨天的事，一晃十年过去了。二十八岁的时候，看着那些比自己大十岁的老师,感觉她们都是上了年纪的人。现在的自己,对那些年轻老师来说,应该也是同样吧。十年匆匆而过,改变了太多东西。

时间就像故意惹人生气似的打了正敏一巴掌,然后匆匆逃开。虽然不疼,但也让她感到一丝惊慌。与金德一起生活的十五年也是如此。火葬完金德后,手持装有温暖灰烬的骨灰盒,正敏想起了小时候的金德。那时候的日子似乎触手可及,却已是十五年前的事了。

十五年。

润伊说过:"如果说人生是一所学校的话,那么一个年级就是十五年。从出生到十五岁是一年级,十六岁到三十岁是二年级,三十岁到四十五岁是三年级……如果一个人寿命较长,能活到九十岁的话,就可以在六年级毕业。"虽然她认为润伊的思维方式很是荒唐,但长久以来正敏会经常想起这句话。

按照这种算法,正敏和润伊就是在二年级升到三年级的那年冬天分开的。正敏二年级的时光里一直有润伊的陪伴。在那个年级里,她最要好的朋友是润伊。

"到了六年级,二年级时关系要好的朋友就记不清了。"

和润伊分开时正敏爽快地说道。也就是说,我们只是陪伴彼此一段时间的朋友,我们应该接受这一事实。直到现在,正敏才痛心地感到那时的自己是多么自负。三十岁那年,润伊移民澳大利亚,现在两人连"脸书"好友都不是。

"抱一下吧。"

在地铁站入口,润伊张开双臂,正敏投入润伊的怀抱。经防水处理的外套有些粗糙,但很柔软。虽然十分伤心,但同时也感觉不那么紧张了,一下子放松了下来。虽然两人是第一次拥抱,但正敏想,她了解这种感觉。

一种安全温暖、十分舒服的感觉。虽然无法理解那种情况下怎么会感觉舒服，但她的确产生了这种感觉。

润伊首先移开身体，他表情僵硬地注视了正敏一会儿，然后走下地铁入口的台阶。正敏没有看向润伊的背影，她凝视着雨后湿漉漉的道路，加快了脚步。

那天润伊对正敏说：

"为了我们的未来，我们更努力一些就好了。"

正敏沉默不语。

"我知道感情不能强求，只是你对我并不坦诚。"

"我知道。"

正敏心想。

"我爱过你，如果你不喜欢我，可能情况会好些。要是那样的话，一切都会迎刃而解。哪怕我少爱你一点，我们也不会变成现在这样。"

虽然知道有一天会后悔,但现在不确定。就像在做梦,梦中又冷又饿,但眼前热乎乎的粥无法喝下去。拿着勺子舀起粥,送到嘴边,却怎么都吃不到。哪怕是几口也好,却怎么都无法做到。正敏不知如何接受润伊的爱,在确定润伊喜欢自己的那个瞬间,她感到十分害怕,于是不得不逃跑,她不能破坏两人二十岁以来一直维持的关系。

"我想我们的心意是相同的。"

听到润伊的话,正敏摇了摇头。

"在我这里不是。"

正敏清晰地记得润伊凝视自己的表情。正敏无法骗过润伊,虽然她尽力隐藏了自己的情感,正敏也明白润伊不可能不知道。润伊失望地看着她说谎的样子。

此时,正敏坐在第一次见到润伊时的世

宗文化会馆前的台阶上。她在等润伊。他们已经分开九年了。

"正敏!"

是润伊。他身穿白色的Polo衫,米色棉裤,脸瘦了,棱角比以前更分明了,不过,笑起来时嘴角的皱纹似乎消除了这种锐利感。"为什么在这么明亮的时间见面?光线太强了,脸上所有不好看的东西都暴露了。我的伤疤、皱纹和瑕疵都能看得一清二楚。"因为这点,正敏无法直视润伊。

"最近睡眠怎么样?"

润伊问道。

"时隔九年再次见面,你说得就像最近才见过似的。"

如此回答后,正敏感觉和润伊分开的时光一点儿都不真实。

"我们去个阴凉处吧?这里太亮了,有点儿晃眼。"

听到正敏的话，润伊摇了摇头。

"就这里吧。"

说完，润伊注视着正敏。他只是感觉光线很亮，没有感觉到光的温暖。"现在是秋天吗？"对于正敏的提问，润伊只是轻轻一笑，依然沉默不语。

"一直希望在某天可以偶然遇见，但我知道这不可能，因为不可能会有持续的偶然。"

正敏说。

二十岁那年秋天，正敏独自去看一个歌手的演出，父亲担任那场演出的贝斯手。当时润伊就坐在旁边。润伊的父亲也参加了那次演出，演奏吉他。去等候室给各自的父亲打招呼时，他们初次见面。两人边聊边走下世宗文化会馆长长的台阶。他们聊起自己的父亲是多么不懂事、多么淘气，但又多么单纯的人，演出时的样子又是多么美好。

聊到两人都不会演奏乐器时，他们相视

一笑。两人同岁，后来还知道他们住在同一个小区。如果两人在不同的日子去看演出的话，他们压根儿就不会见面。那天，看同一场演出是他们的第一个偶然。

第二个偶然是润伊去正敏打工的电影院做兼职。直到他们二十五岁，那家电影院关门为止，他们一直在那里打工，也一直住在同一小区。两人还有一个共同点，那就是大学期间反复休学和复学。正敏曾告诫自己，如果不勉强自己，不奢望更多，好好隐藏自己的感情的话，就不会失去润伊。

润伊没有正敏有耐心。润伊说，如果正敏不坦诚对待自己的感情的话，他们连朋友都做不了。当时正敏虽然有些动摇，但她认为，在这种情况下失去润伊，应该比和润伊成为恋人后，让彼此失望和受伤所带来的痛苦少一些。

看着坐在身旁的润伊，正敏想。

"你是真心的,这让我很害怕。你喜欢我,看到了我身上一些美好的地方,可这只是个误会,很快你会发现自己被骗了,然后你会选择离开,而我接受不了这样的结局。"

正敏心里说道。

"你在胡说什么。"

润伊说,好像听到了正敏的心声。但不知为何,正敏似乎并不觉得他的话有多奇怪。

"你的爱让我卑微,你不懂这种心情。"

正敏说,然后低下了头。

"你跟我实话实说就好了,那样的话,我们还能想别的办法。"

润伊平静地回答。

"我很后悔。"

说完后,正敏意识到自己不可能对润伊说这样的话。这不是现实。

"现在,我是在做梦啊。"

听到正敏的话,润伊微微一笑。

"在我的梦里。"

"对,是你的梦。"

"也是,我们怎么会见面啊。"

正敏看着润伊笑了。两人放声大笑,笑得那么大声,正敏感觉差点儿就要从梦的缝隙中滑出来了。她不想就这么醒来。

润伊望着正敏,似乎让她不用担心似的开口道:

"我们经常在你的梦里见面。你知道的,要不要忘记梦境是你的选择,你在醒来之前可以做出选择,你每次都会选择忘记。"

"原来如此。"

"是的。"

"好像是那样的。"

"嗯。"

看着正敏的脸,润伊勉强挤出笑容。正

敏仔细想了想，虽然记得不是很清楚，这应该不是第一次在梦里见到润伊，在梦里也见过爷爷和金德。意识到这一点后，正敏瞬间明白了：虽然她一直在想，即使只是在梦里也要见到他们，但在内心深处，她始终相信自己没有资格得到这种安慰。

"你呀……"

润伊悲伤地说道。

"你应该原谅自己。"

正敏点点头。

"这个梦也会被抹去吗？"

对于润伊这个问题，正敏无法回答。

"现在连你的脸都记不清了。就像低像素的照片一样，显得灰蒙蒙的。你的声音就像是从远方传来的一样。"

正敏说。

"像梦一样？"

"嗯。像梦一样。"

"不过，没有完全消失，这也算是一种幸运。"

润伊说着，站起身来开玩笑似的一级台阶一级台阶慢慢走下去。润伊每走下一级台阶，都能听到秒针的嘀嗒声。

"润伊呀。"

听到正敏的呼唤，润伊停下脚步回过头来。

"润伊呀，润伊呀。"

听到自己呼唤润伊的声音，正敏从梦中醒来。润伊走下一级一级台阶的背影，以及"没有完全消失，这也算是一种幸运"的话语，让她深感安心。那种安心的感觉，在她睁开眼睛后似乎依然清晰可触。"你应该原谅自己。"润伊犹豫着说出这句话时的面庞也不似梦境中那般朦胧。

醒来后，正敏在床上坐了一会儿。闹钟会在十分钟后响起。不管梦如何生动，醒来后都会像落在玻璃窗上的雪花一样,逐渐融化,慢慢滴落下来。在梦境消失之前,正敏拿起铅笔开始写字,第一句是"我在世宗文化会馆前见到了润伊"。

树林尽头

回韩国之前，最终还是没能见到你。按计划，我们上周应该在你居住的奥卢市见面，一起玩几天，然后乘坐汽车北上，去我们以前住的地方看看。但在去芬兰一周前，我所在的城市为了控制疫情开始封城，所以旅行成了泡影。

在回韩国的飞机上，我思考了一下二十多年来一直没去找你的原因。似乎每次都能想到合适的理由：又不是赫尔辛基，奥卢的话太远了；芬兰的话，随时都可以去，应该先去一些从未去过的国家。大学毕业后，我在英国做互惠生[1]时，一有时间就去周边国家旅行，但也没去芬兰找你，每次都有理由。

在回韩国的飞机上，我其实稍微安心了一些。我为有充分的理由不用见你，不用去芬兰而感到舒了一口气。时隔二十年再次见你，再次踏上我们生活过的地方，不免让我心生恐惧。"害怕我吗？"当你读到这篇文章时，也许会这么想吧。是的，我害怕再次见到你。太久没见面了，感觉不舒服可以理解，但除此之外，我还感到超乎于此的恐惧。

如今我依然不知道爸爸在芬兰做过什么工作。我十七岁那年去了芬兰，十九岁回到韩国，在那短短两年时间里，我们家到底发

---

[1] Au Pair，最早起源于英、法、德等国的自发青年活动，旨在给来自全世界的青年们提供一个在别国的寄宿家庭里体验文化和学习语言的机会。——本书脚注均为译者注

生了什么事情，我很难理解。据说爸爸是去帮在部队时认识的老兵义钟叔叔打理生意，你也知道，当时生意没做好，我们在芬兰定居的计划泡汤了。我们回到韩国两年后，义钟叔叔也回了韩国。

我尽量不去想那个时候的事情，可能因为一直拼命压抑着这种想法，所以从未梦见过有关芬兰的事情。对我来说，芬兰也是失败的同义词。一想到芬兰，就会想到刺骨的寒冷和漫长的黑夜。即使到了早晨，天空依旧昏暗，到了下午阳光普照大地，不过太阳很快就会落山，这样的冬天过后，是比这更深沉的冬天。我依然记得，那时的我经常盯着看不到一丝光线的飘雪的黑暗天空。

如果小时候去的话，起码语言会学得快一些，但都已经十七岁了，连句芬兰语都不会，在学校遇到的困难可想而知。我的情绪很容易受天气影响，语言水平也提高得很慢，坐在陌生的教室里，我经常强忍着快要流出的眼泪。那时的你帮了我很多，你坐到我旁边，努力帮我解决语言上的问题。如果没有你，我想我会陷入无法自拔的泥潭。

如果你装作不认识我，只是按学校的要求帮助我的话，你会清闲很多，不过，你却向我积极地伸出了援手。给我翻译我不理解的话，把作业和通知事项用韩语记录下来递给我，你甚至还帮了我们家很多。如果马桶坏了，你会叫来水管工。我的父母不懂芬兰语，每当遇到困难，你总会帮我们联系能提供帮助的人。

你们家比我们早来芬兰十年，我记得你父母芬兰语说得也不太熟练。你经常陪他们一起去医院、商场，帮他们和房东沟通。我们都是家里的老大，都有一个相差六岁的弟弟。我和父母的关系水火不容，而你却不同，你和家人看起来十分亲密,每次感受到你和我的那种差异时,我都十分心痛。

我想,成年之前是根部成长的时期。生长在什么样的土地上,当时的气候如何,都决定了根部的生长情况。如果土壤贫瘠,养分不足,无论种子再怎么努力,根系都不会粗壮。如果根部细弱的话,茎也会相应地变小变弱,这是它们的生存之道。只要过了那一时期,不管怎么努力,根部都不会再生长。即使是一阵微风,也会让它摇摆不定,难以支撑,总有种要被连根拔起的感觉。

"芬兰不是只有冬天。"

你对一直抱怨芬兰天气的我说道。到了七月,芬兰迎来春天。我们经常去我们村子附近的湖边玩。湖很大,沿着湖边走一段路,可以看到深林的入口。坐在和村子相邻的湖边,可以看到大湖被黑色的树林环绕着。即使到了最暖和的七月，湖边吹起风来，也会冷得让人抱紧胳膊。

我坐在铺着毛巾的地上看书，你穿着绿色的比基尼跳入湖里游泳。很多时候，除了你扑通扑通游泳的声音，我什么都听不到。四周静悄悄的，湖水和树林似乎把所有的声音都吸了进去。我不会游泳，也怕冷，所以只把脚泡在湖里，湖水很凉，连泡脚我都撑不了多久，在如此冰冷的湖水里你游了很久。从湖里出来，你用毛巾裹住身体，哆嗦着望向湖的另一边。

看着这样的你，我理解了为什么感觉和你相处很舒服，你又为什么会向我敞开心扉。我想抱一抱裹着毛巾蜷缩着身体的你。如果能用我的体温温暖一下你就好了，我想感受一下刚从水里出来的你身体有多冷。

我们肩并肩坐着，戴着耳机一起听盒式磁带。你一直在听你一九九六年初离开韩国之前的韩国歌谣，你还不了解"H.O.T""水晶男孩""S.E.S""Fin.K.L"和"g.o.d"这些组合。我在韩国上学时，在学校的电脑室了解到了一些网络知识，而你家当时还没有电脑，你经常问我网络是什么。当时那里还没有形成韩国人交流社区，你无法接触到韩国文化，所以你不太了解韩国的大众文化，徐太志回归歌坛的消息你还是通过我了解到的。

你没有"徐太志和孩子们"的第二张专辑。当我问为什么没有那张专辑的磁带时，你说："来芬兰后，听了太多次，磁带都听坏了，没法再听了。"为了向你示好，我把我买的那张专辑磁带送给了你。我们坐在湖边，把那张专辑的 A 面和 B 面都跟着唱了一遍。你问我关于韩国的各种事情，喜欢听我讲故事。

一天，我们一起听"徐太志和孩子们"

的第四张专辑时,你对我说了一句话,说得小心翼翼,像是在说什么不敬的话一样。你说虽然很喜欢徐太志,但每次听到"You must come back home"(你一定得回家)这句歌词时,心情便异常沉重。你说这话时一直环顾四周,虽然那个村子里只有我们两个了解徐太志的音乐,你却像担心徐太志的粉丝们听到一样。因为不懂事、叛逆而离家出走的孩子能有几个?你说听着那首歌时,感觉歌曲中并未表达出孩子们离家出走的缘由,所以心情不是很好。

"对一些孩子来说,家如同地狱。有些孩子回家的话真的会死。这首歌却让那些孩子无条件回家!听着就感觉很不舒服。"

我第一次听见有人这样说。记得当时新闻上报道过一段段佳话,说听了徐太志的《回家》后,很多离家出走的青少年最终回家了,所以我想你的解读未免太极端了。不过，和你分开后，在回家的路上，我不得不承认你说的是事实。是啊，对一些人来说，家并非安全的家园，而是只有逃离才能生存下去的暴力空间，谁都没有权利让他们一定得回家。

在芬兰迎来第二个冬天的时候，我们家正为我们的"回家"而苦恼。偶尔听到父母的谈话，得知父亲的生意做得不顺利，也许不久后我们全家都要搬回韩国，听到这一消息我有些不知所措。我没有信心可以跟上韩国的课业，也不知道能否继续生活在连当地的话都说不明白的芬兰。对于束手无策的父母，我很生气。因为知道父母也很辛苦，所以我尽量不表露自己的情绪，可哪有那么容易呢？

而那时的你却打算回韩国上大学，我似乎还没见过像你这样对韩国持有如此积极看法的人。谈到韩国的暖炕和四季,在街上吃的炒年糕和鲫鱼饼,你不自觉地提高了嗓门。"韩国是最棒的,我要离开这个黑暗的芬兰,再次感受一下韩国的炎炎夏日。"在一个一连几天都不怎么出太阳、阴雨连绵的严冬的白天,你泪流满面地说道。你说,在你的人生中,梦想似乎没有任何意义。你说,你的梦想没有得到尊重,家人对你的期待太高了。你还说,虽然不想在这阴暗寒冷的芬兰乡村一直担任家人的翻译和帮手,但产生这种想法本身都会让你产生一种罪恶感。

你的爸爸是个善良温和的人。一天,当你不在场时,他对我说,如果你想回韩国,他会尊重你的意愿,努力做你坚实的后盾。还说,如果我也回韩国,拜托我做你的家人,给你鼓励。他说不希望你回韩国去面临残酷的竞争,你们一家之所以努力来芬兰,就是希望你和你弟弟能过上更自由的生活。

现在想来，你爸爸的真心你当时应该也感受到了。

漫长的冬天结束后，你决定在芬兰上大学。你告诉我，你要去赫尔辛基，一个比这里更偏南的地方，那里气候也更好。你开始说服我一起去赫尔辛基，你爸爸也希望我能和你一起去。我考虑良久。

我不忍心告诉你，我爸爸的生意失败了，我们家就要被迫返回韩国。如果我的芬兰语水平不能奇迹般地提高，语言的障碍就很难克服。永久性地移动人生的根基，对我来说，是一个非常艰难的抉择。但这些我不能向你坦白。如果对你实话实说，我会无地自容，很伤自尊，于是我撒谎了，说我在韩国有很多珍贵的朋友，所以很想回韩国。

你红着脸问那些珍贵的人是谁，我编出一些人来，就好像你只是多个朋友中的一个。明知这样会伤害到你，我依然那么做了。二十年后的今天，我想告诉你真相，你可能永远不会相信，智好，从北半球到南半球，从东到西，你是这个地球上我唯一的朋友。我一直没有告诉你我在韩国过得并不开心，因为那样的我太寒酸了，我不想让你知道。

诚实似乎也只是内心强大的人才有的态度。如果我是个坚强的人，我肯定会直视你的眼睛，对你说：智好，你是我有生以来第一个深爱的朋友。你从不评价我，和你在一起时，我感觉自己变得更加完整。我也想和你一起去赫尔辛基，但我们一家就要被迫回国了，我没有信心独自留在这个国家，处理好所有事情。在这里生活了近两年，但依然感觉格格不入。失去你，我很痛苦。因为我的无能和软弱，我无法在这里独自立足，对于这样的自己，我很讨厌，也感觉十分羞愧。

但是我没有这么解释,而是装腔作势地说,韩国比这里好多了,那里有很多朋友可以取代你。又是一个冬天,在那年初冬的某一天,我们全家决定回韩国了。虽然非常迷茫,也很烦闷,但我想当时那是我唯一的出路。对生性怯懦、容易焦虑的我来说,拒绝变化是一个安全的选择。

智好,回到韩国后,很长时间以来我一直这样生活着。每次在做重大选择时,我都会选择伤害少、危险小的那条路,但那条路总和我的心愿背道而驰。这样的生活一直持续着,后来我连自己想要什么都不清楚了。

离开芬兰两个月前,为了庆祝毕业,我们全班去近郊的湖边进行集体旅行。我们在木屋里放下行李,你一言我一语地开始聊天。有的同学去洗桑拿,洗完后跳到冰冷的湖水里游泳。游完后再回到桑拿房,然后再去湖里游泳,如此反复。虽然是初冬,不过那天天气比较暖和，不是很冷。

你单独叫上我，说出去散会儿步。太阳还挂在天上，风也不大，感觉很适合散步。我们背对着小屋，沿着湖边走了一会儿，然后进入大湖旁边的树林。虽然没有路，不过因为有足迹，所以我们没有考虑太多就进去了。我们想肯定不会迷路，因为路很简单。天上洋洋洒洒飘着小雪花，感觉马上就要停了。你说你着急上厕所，要去一个不显眼的地方，让我在树下等一会儿。我现在依然记得，那个树林的树木十分高大，树木的叶子遮住了天空，即使在白天，树林依然十分幽暗。

我站在那里等你。

但你一直没有回来。

我担心你找不到这里，起初我很害怕。后来想起妈妈说过的话，找不到人的时候，最好的办法是在原地等。也就是说，如果贸然行动，可能会错过彼此。我耐着性子，努力按那句话行事，不知道在那里等了多久。你知道我当时有多害怕吗？我想象着你可能失足摔倒了，当这种想象变成一种确信时，树林里越来越暗，只能勉强确认树的形状。进来时那么确定，到了回去时，却分不清东南西北了。本以为只要往湖的方向走就行，但是天色太暗，分不清方向，不能确定方向是否准确。

智好，我在那里徘徊了很久。

不知从哪里传来了喊声，我向着那个声音奔去，那里是树林的尽头。在喊我名字的同学中我看到了你。与看到我后放下心来的其他同学不同，你看起来很生气。你说你上完厕所后去我所在的地方，但没看到我。你说我违背了和你的约定，先离开了树林，可你还是很担心我，所以回到木屋，和其他同学一起来找我。

"我一直在原地等你。"

你摇了摇头，淡淡地笑了，眼睛里泪流不止。你的表情分明在说我的谎言是行不通的。我知道你受伤了，但是我没做过的事情怎么说做过呢？我一直重复"我一直在原地等你"，而你并不相信。

我始终相信你。我不相信你会把我丢在那里，率先离开。不过，随着时间的流逝，我心中对那天的事情产生了怀疑。为什么那时的我并未怀疑是你丢下我独自走开了呢？不像你马上怀疑我那样。

也许一切都是树林的错。太阳下山了，树林里一片混乱，分不清方向，我们只是错过了彼此。至今我依然很好奇，那天到底发生了什么？

此后，我们经常通过电子邮件联系，有时用Skype。现在我们联系少了，只在彼此生日时在"脸书"上互送祝福。如果再次见到你，我可能会想起那天，不过，我不会问你那天的事情，我只会对你实话实说，告诉你，当时在芬兰你对我有着怎样的意义，还有我不得不离开芬兰时的心情，就像一份拖了很久的作业。我想说的就是这些。

我们无法学会的东西

"希望上班路上沙尘不要太严重。"

侑莉说。

那天下午,风沙减弱了不少。侑莉和宋玟下午没班,于是去了广场。那是个圆形小广场,地面是用白色石头铺成的,两人经常去那里。坐在露天茶馆里,两人望着经过广场的人群和小狗。不久之后,太阳就会下山。太阳渐渐西移,整个广场沐浴在夕阳的余晖中。侑莉和宋玟皱起眉头,用手遮住阳光继续望向广场。

侑莉向盛有红茶的小玻璃杯中放入三块方糖,然后搅拌了一下。看着喝茶的侑莉,宋玟想起第一次见到侑莉时的情景。她们在迪拜的一个酒店实习项目中相识。在所有来自东亚的实习生中，两人尤为亲密。两人的工作时间安排得差不多，而且两人都喜欢读书。上夜班时，侑莉经常在口袋里放些巧克力或糖果，不时递给宋玟一颗。培训期结束后，两人自然而然地住到了一起。

宋玟望着阳光下被染成蜜色的侑莉。

两人开始一起生活没多久，侑莉和在韩国时一直交往的恋人分手了。一连几天，侑莉上班时眼睛都是红肿的，于是宋玟把她带到广场的露天茶馆。那天，宋玟和侑莉第一次来这里，侑莉在红茶里加了五块方糖。宋玟寻思她该不会真的要喝吧，只见侑莉等甜茶凉了之后，一口气喝完了。

"宋玟，有没有那种学校？"

"什么学校？"

"教人们忘记他人的学校，告诉我们在

分手后怎样才能调整好情绪？"

宋玟看着脸蛋肿得圆圆的侑莉，微微一笑。

"又不是第一次了，为什么会这么难受呢？以前也经历过分手，却没有从之前的分手中学到什么。因为每次是不同的人，有着不同的回忆，根本不适用于新情况。"

"我懂那种感受。"宋玟回答。

"一些重要的东西似乎根本无法学到，我们无法提前准备对策，宋玟。"侑莉说。

她们望着广场一侧趴着的两只小猫。宋玟想，动物们即使什么都不学，也活得这般美好。它们是如此完整的存在，不用学任何东西。

那天过后，侑莉用磁铁把一张纸固定在了和宋玟共同使用的冰箱上，上面写着"我们无法学会的东西"。

我们无法学会的东西

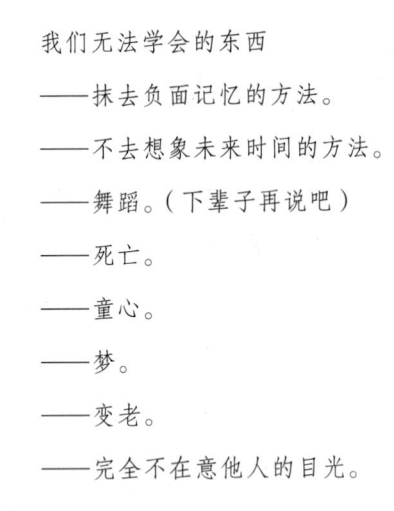

——抹去负面记忆的方法。

——不去想象未来时间的方法。

——舞蹈。(下辈子再说吧)

——死亡。

——童心。

——梦。

——变老。

——完全不在意他人的目光。

看着侑莉用绿色签字笔写的连笔字迹,宋玟试着想象她在韩国的生活,但想不出来。她们约定以后遇到困难或感觉心累时,就把这件事情添加到"我们无法学会的东西"的目录中。

天气渐渐转凉。侑莉披上运动开衫,望着宋玟。这是她们时隔两周再次坐在一起。

宋玟没有回中国参加父亲的葬礼。尽管

公司提供往返机票、慰问金和丧期休假，但宋玟并未告知公司父亲的死讯。妈妈来电话时，她问"是吗"，然后表示自己不回去。挂断电话后，宋玟和正好走进厨房的侑莉四目相对。宋玟不知道自己当时的表情，只见侑莉走到她面前连问几声"没事吧"，还拍了拍她的后背。

"有什么事吗？"面对侑莉的提问，宋玟无法说谎。听到"父亲去世了"的回答，侑莉眼里泛起泪花，但宋玟并没有流泪。

宋玟说自己决定不回去参加葬礼，侑莉表示无法理解。侑莉说，虽然不知道你父亲是个怎样的人，但不管怎么说，他毕竟是你的亲生父亲，你不能这样对待他。看着试图说服自己的侑莉，宋玟很是受伤，她一言未发，默默起身离开了。此后，侑莉多次找过宋玟，但宋玟总以疲惫为由拒绝交流，即使工作时间安排在一起，她也不主动和侑莉交谈。她们就这样小心翼翼地过了两周。

一天上午,侑莉对着坐在餐桌旁吃麦片的宋玟说"我们去广场上转一圈吧",因为她想喝杯加了很多糖的茶。就这样,她们现在坐在了广场上。

"宋玟。"

说着,侑莉从包里拿出一张纸,是冰箱上记录"我们无法学会的东西"的那张纸。上面添加了新的一条。

——以宋玟这个身份生活的宋玟的内心。

侑莉指着新写的那条。宋玟静静地看着侑莉特有的连笔字迹。侑莉沉默不语,只是指着那句话。

宋玟喜欢侑莉的方式。侑莉在坦白,自己无法理解宋玟的内心世界,也许永远不会理解。那目录的主题是"我们无法学会的东西",也许她将永远不会了解宋玫以及以宋玫这个身份生活的宋玫的内心。人们连自己的内心都无法了解,因此只能在对自己的不确定中度过余生。宋玫了解这一事实。

太阳快下山了,她们将回到住处,做一顿简单的晚餐,一起用完餐后,准备去上晚班。她们默默望着夕阳西下的天空。

"希望上班路上沙尘不要太严重。"

宋玫说。

汉南洞楼顶游泳池

那年春夏两季，宥真经常走路。短则一天一个小时，长则一天六七个小时。她穿着大学入学时收到的礼物——一双乐可普运动鞋，戴上棒球帽，到处走街串巷。有时是为了醒酒，有时是为了饭后消化，累的时候是为了解乏。宥真就这样不停地走着。

她不停走路是这样开始的。一天，在社团房间里，她看到窗外有座建筑物。"那是什么？"听到宥真的疑问，前辈们都笑了，回答说那就是南山塔啊。宥真没有理会前辈们的笑声，怔怔地望着窗外。原来我在首尔啊，塔看上去很近。

宥真开始向南山塔走去。从学校到南山入口步行大约需要三个小时,从南山入口再到塔顶大约需要一个小时,到达塔顶时已是深夜。黑暗中,灯光闪烁的市中心非常美丽,当时她还不知道那些都是陪伴在办公室加班的上班族的灯光。首尔真是座美丽的城市啊。靠在南山城墙上,宥真欣赏夜景欣赏了很久。

宥真被东宇用短信甩了,他们两个在高中时交往了三年。怎么说呢,感觉离别来得太晚了。从很久之前开始,看着东宇时,她已经没有任何感情了,东宇也同样如此。最后一次见面,两人在铁山站附近的乌冬面店一起吃了一碗乌冬面、一份油豆腐寿司。吃饭过程中,两人相对无言。因为无话可说,即使不说话也不会感觉不舒服,也不想努力找话说。

像往常一样,两人在公交车站点分开了。宥真首先坐上公交车,坐上车后,她望向站点，发现东宇已经背过身，往反方向走去。看到这一场景，宥真并没有伤心。没有感到伤心的自己让她有些陌生。她不禁低下了头。

被东宇甩了以后，宥真感觉轻松很多。尽管如此，躺在床上时，心里却感觉空空的。她想起初中三年级的寒假，在补习班和东宇打闹的场景，想起高中一年级暑假过后，东宇突然长高的样子，想起寒假补课时两人在学校操场上打雪仗的画面，这些至今依然记忆犹新。他们之间的昵称和玩笑如今已毫无意义。

听说如果恋爱出现裂痕，一般至少一方会努力维持关系，但在他们的关系中，两人都没有这种迫切感。宥真躺在床上仔细思考，自己是否有持续爱别人的能力，还有，自己是否值得得到别人长久的爱。想着想着，她开始怀疑自己和东宇是否真正爱过。

从南山回来后，宥真正式开始走路。原本打算"今天就走到东大门"，不过走着走着，她走过光化门，最后走到了新村。在新堂洞和朋友们一番玩乐后，大家分开了，等她回过神来，发现自己已沿着汉江走到了汝矣岛。就这样随心所欲地走下去，眼前会出现村庄、小山，甚至溪谷，首尔就是这种城市。她买了结实的雨衣和雨靴，决定在雨天也坚持走路。

听说李浩然在汉南洞打工的消息，宥真产生了兴趣。李浩然是她学习初级日语课的搭档。毕业之前，必须选修第二外语。在日语课上，不认识平假名、片假名的学生只有她和李浩然。朗读课文时，教授一定会把宥真和李浩然分到一组，让他俩大声朗读。他们一个音节一个音节磕磕巴巴地读完后，不禁让在场的所有人肃然起敬。从那以后，两人走得很近，他们经常一起在小卖部喝饮料、吃面包……有时像读佛经一样,一起读片假名表。

李浩然说,自己打工的酒店楼顶泳池即将开业。考完日语期末考试后一起吃饭时,李浩然递给她一张泳池优惠券。即使不会游泳,也可以躺在日光浴床上睡个午觉。当宥真在学校食堂衡量是吃一千韩元的拉面还是一千五百韩元的年糕饺子拉面时,汉南洞酒店的泳池、日光浴床这些字眼让她不禁为之心动。

无意间走到首尔站的那天,宥真想起小心保管在钱包一角的泳池优惠券。过了龙山再慢慢走一会儿,就到了汉南洞。太阳已下山,不过初夏的热气还未退去,背上汗水直流。可能因为一整天都暴露在阳光下,她很想把自己泡在凉爽的水中。宥真走进梨泰院综合商业楼,狠心买了件泳衣。她考虑进入泳池是免费的,所以买件泳衣并不奢侈,而且买一次可以穿十年。宥真摘下遮阳帽放到包里，走进 A 酒店大厅拿出优惠券。

"泳池明天才开业。"

宥真点了点头，走出酒店，看到李浩然站在酒店门口。

"明天才开业。"宥真说。

"进去逛逛吧。"李浩然说。

两人来到楼顶。隐约的灯光照亮了四边形泳池，一排排白色塑料日光浴床呈"匚"字形环绕着整个泳池，大大的遮阳伞都折了起来。

"这是我朋友。"李浩然向坐在日光浴床上的人挥手。两个女孩坐在日光浴床上抽烟，旁边放着长长的扫帚。李浩然和宥真在她们对面的日光浴床上坐下，然后望着泳池发呆。李浩然的脖颈晒得通红，他说，泳池从去年冬天到今年春天一直关闭着，他们五个人一起打扫了泳池的卫生。这时，池里的水溢了出来,咕噜咕噜地流往排水沟。水里有一股海盐味儿。

李浩然走到泳池边,把腿伸进水中,向宥真招手。宥真也把腿泡在泳池里。池水很凉,她起了一身鸡皮疙瘩。他们在那里坐了一会儿,很快对面的两个女孩下班了,她们走时把照明关上了,只留角落的灯亮着。李浩然脱去衣服,穿着泳衣下了水。因为是偷偷游泳,所以没有扑通扑通地用力游,而是安静地潜泳。抬头仰望天空,没有看到月亮。

坐在黑暗中,宥真回想自己最后一次哭是什么时候。记不清了。朋友经常说她是个没有感情的人。这句话说对也对,说不对也不对。她不是没有感情,只是很难像别人那样,可以明确地理解自己的感受。有时感觉胸口堵得厉害,有时感觉大脑刺痛,但她不知该如何表达这种感受。人的心啊,就像是一只因走路太多而起泡的脚掌,并非流下美丽眼泪的光滑脸蛋。

"李浩然。"宥真轻轻地呼唤他的名字。李浩然继续游着,好像没听见。

"李浩然。"她提高了音量。这次他慢慢游向宥真。他游的时候,泳池里的水不断往宥真涌来。李浩然游近宥真,冲着她笑了一下。宥真也跟着笑了,她很想就这样一直坐下去,坐很久很久。

傍晚散步

海珠第一次去教堂是在大三的时候。当时她家附近有一个小教堂,一个星期天晚上,出于好奇,她走进教堂,参加了弥撒。在弥撒的过程中,海珠感受到一种莫名的吸引力。之后她在学习班学了六个月教理,复活节那天,接受了洗礼。海珠的洗礼名是安吉拉,直到大学毕业,她一直参加周日弥撒。

海珠的家人不能理解她,一个学识丰富的孩子怎么会信奉宗教,指责她是在浪费时间。家人劝她,有时间去那种地方,还不如去运动或读书,做些对自己有实际帮助的事情。每当听到这些话,海珠都会心中窃喜,她认为至少在信仰方面父母干涉不了她。从小她就很少按照自己的意愿做出过重大决定，上了父母让她上的补习班，读了父母让她读的书，父母认为女孩子应该当个老师，于是按照父母的意愿考了师范院校。今后的事情也显而易见，她会嫁给一个工作稳定的男人，大概会生两个孩子，因为这也是父母制订的计划。

不过，自从她有了信仰，她才意识到自己的心父母干涉不了，坐在安静的圣殿里，她领悟到自己也是一个有内心的独立存在，只有在那里她才能获得自由。也是在那时，她意识到自己的心如竹篮一样，任何东西都无法填满自己空虚的内心。无论舀多少水装入其中，竹篮般的内心都存不住一点儿水。接受上帝……体验上帝之爱，就如同不再往竹篮里装水，而是把竹篮扔进深水里。这是她不想和任何人分享的只属于她一个人的宝贵体验。这无法解释，也无法描述。至少对海珠来说，信仰是她最不想与人分享的私人领域。

一晃十五年过去了，海珠想，爱要想持续下去，就需要变化。因为随着时间的流逝，起初的热情会自然而然地消失，对上帝的爱也是如此。她在学习班学习教理，接受洗礼，后来一直坚持去教堂做礼拜。起初几年，她一直热情满满，而如今的她，热情已逐渐降温。小学教师的工作让她身心俱疲，虽然形式上一直参加周日弥撒，但从某个瞬间开始，她就再也找不到以往的感觉了。

海珠的丈夫在一个天主教家庭长大，虽然他接受了洗礼，但并不相信上帝。两人在教堂举行婚礼，刚满周岁的女儿侑莉也接受了幼儿洗礼，但他们并不去教堂。当被问及宗教问题时，海珠经常回答："接受了天主教洗礼,但不去教堂。"不过,她的信仰并未消失,她仍相信上帝,只是她的那种信仰无法用语言来说明。

可以用语言说明的信仰真实存在吗?自从和丈夫离婚,与上小学四年级的女儿开始两人生活后,她又开始在心里和她的神对话,因为她无法向任何人诉说自己的内心世界。

她们新搬的房子前面就有一座教堂,从家到教堂的院子走路用不到三分钟。她和女儿一起在小区散步时,经常去教堂的前院走走,院子里摆着小花坛和卢尔德圣母像。侑莉环顾教堂的院子,向海珠询问和教堂有关的各种问题,还模仿信徒在圣母像前合手祈祷。当被问到她祈祷了什么时,侑莉只是回答:"这是秘密。"

"我也想去教堂。"侑莉说。

"为什么?"

"就是想去。"

侑莉是一个想做什么就会付诸行动的孩子。时隔十年,海珠带着侑莉参加了弥撒。当时教堂正在招募儿童初领圣体[1]学习班学员,侑莉进了这个班。在这里,她背诵祈祷文、学习基础教理知识。侑莉喜欢上那些课,她从不缺席,上课积极,最后考试也考得最好,参加初领圣体仪式时,她还被选为女生代表,在做弥撒时恭读《圣经》。

初领圣体结束后,侑莉说要进入辅祭[2]团,在神父做弥撒时做辅助工作。海珠同意了。不久后,一个陌生号码打来电话,是辅祭团的家委会负责人。她说侑莉进了辅祭团,作为妈妈的她要参加家委会。虽然不想去,但一想到侑莉,她还是去了。辅祭团的孩子

---

[1] 信奉天主教的孩童第一次领受圣体。弥撒中,神父祝圣后,教徒领食圣饼,被称为领圣体。
[2] 天主教仪式中协助主教或神父者。

有十个左右，需要根据每个孩子的时间来安排时间表。

离婚后，她不太愿意见人。因为担心与学生家长碰面，她还特意搬到离工作的学校一个小时车程的地方。她只想和亲近的人来往，有时连这都感觉很辛苦。

家委会的成员除了海珠以外，都互相认识。"丈夫不来教堂吗？"当家委会成员这么问时，海珠拿不准该怎么回答。如果是平时，她会毫不犹豫地说自己离婚了，但那里是教堂，在教堂这个空间里，表明自己是个离婚的单身妈妈，她感觉不太合适。海珠犹豫片刻，还是决定把事实说出来。不管是说谎还是回避，最终受伤的只有侑莉。

"我现在一个人养育侑莉。和孩子爸分开了。"

"啊……这样啊。"

看着家委会成员们脸上的难堪表情，海

珠反倒感觉安心了，反正早晚都是要说的。

侑莉是个自我主张很明确的孩子，如果有想要的，会明确说出来，但不会耍赖。只有在有明确根据的时候，她才提出自己的主张，如果海珠拿出明确的理由反对她的想法，她也会接受。看着经常明确说出自己想法的侑莉，海珠想起"枪打出头鸟"的老话来。她想，人没有必要在每件事上都坦率地表明想法，在明显会受到伤害的情况下选择发声不是很危险吗？但是，看着理直气壮的侑莉，她又获得了一丝满足感。她认为，这比起压抑自己、独自忍受要好得多。她希望侑莉可以成长为一个可以勇敢发声的人。因为她知道忍耐是一件多么令人腻烦痛苦的事情。

侑莉很有领导力，在学校一直当班长。她聪明、开朗，喜欢受人瞩目。海珠想，也许正是因为这种性格，侑莉才要参加教堂的辅祭团。参加弥撒的人，视线都集中在神父和辅祭团身上。也许侑莉只是希望得到这样的关注。但是随着时间的推移，海珠意识到侑莉有着自己都不具备的信仰。侑莉每天祈祷，并认真地思考与上帝的关系。

上小学五年级时，侑莉说将来想成为神父。在以《我的梦想》为题的作文中，她还这么写道："如果成为神父，就能更靠近上帝，我想为上帝做工，帮助困难的人。"为什么小孩会寻找上帝呢？只有十二岁的孩子怎么会有如此真挚的想法呢？无论怎么想，海珠都无法理解。

是不是因为我不是一个合格的大人，没能成为她的靠山，所以她才需要上帝呢？侑莉是个成熟懂事的孩子，她从不向海珠倾诉自己的辛苦。当海珠说爸爸妈妈离婚的事情，很对不起你时，记得当时只有十一岁的侑莉说："不要考虑我，妈妈只考虑自己就好。"

这是那个年龄的孩子可以说出的话吗？

一天，家委会的泰宇妈打来电话。她说，侑莉和辅祭团的男孩子们吵得很凶，让她很担心。泰宇说自己没吵架，看到侑莉和男孩子们吵架后，回家告诉了自己的妈妈。据说，他们是在教堂前的小巷里吵的架，当时身边没有大人。听完，海珠的心一下子沉了下去。等侑莉从补习班回来后，她让侑莉坐下，问她发生了什么事。

"没什么。吵了一架。"

侑莉回答时，没有直视海珠的目光。

"说实话，没关系的。"

侑莉犹豫了很久才开口。

她说，辅祭分大辅祭和小辅祭。大辅祭在弥撒礼仪中负责敲小钟。自己在四年级时一直都是小辅祭，她想着上了五年级就可以做大辅祭了，但后来辅祭团的新成员，一个四年级的男孩做了大辅祭，五年级的自己却继续做小辅祭,她向神父提了意见,但结果并未发生改变。

据说教堂的规定是,女孩子即使上了六年级也不能做大辅祭。因为要马上举行弥撒,所以侑莉忍了下来,继续做小辅祭的工作。弥撒结束后,在回家的路上,辅祭团的几个男孩对侑莉说:"你是女孩,不能当大辅祭。"听罢,以侑莉的性子,不可能善罢甘休。

"但是我输了。大人们就是那么定的,不管我怎么说都没用。"

侑莉说着,放声大哭起来。因为孩子进了辅祭团,所以海珠也要经常去教堂。教堂举办聚会时,她要在教堂厨房里收拾蔬菜、洗碗或打扫花坛。教堂似乎是一个没有女人的劳动就不能运转的地方,但侑莉喜欢,所以海珠也就没多说什么。

当女人们在看不见的地方做各种脏活累活时,男人们却占据了信徒团体的代表位置。

虽然她很想集中精神做弥撒，但一想到穿着圣袍分发圣物的志愿者都是上了年纪的男人时，就不由得产生了一丝愤怒，可是侑莉喜欢……于是抱着这种想法坚持了下来，但现在看到侑莉痛哭的样子，她突然产生了疑问，自己一直以来的努力到底是为了什么。

一周后海珠接到神父的电话，去了一趟教堂。走进教堂一楼四面都是玻璃的面谈室，她和助理神父进行了交谈。助理神父三十五六岁，声音很好听，对老人和孩子们非常尽心，他从未在人前露出一丝不悦的神色。因为知道这种情感劳动有多辛苦，所以每次看到他，海珠总会感到一丝温暖。

助理神父告诉海珠，侑莉经常和辅祭团的孩子们吵架。

"但是侑莉说得没错。"

说着他咬紧嘴唇。

"直到二〇〇九年，我们堂区的辅祭还

只由男孩子来做，听说那时候也有像侑莉一样的孩子，所以产生了矛盾，后来才有了女辅祭。我认为侑莉说得很对，只是现在堂区神父反对，神父认为大辅祭和小辅祭没什么区别，为上帝做工没有大小之分。"

他一边说一边观察海珠的表情。

"侑莉不也是这个意思嘛！既然没有区别，为什么就不让女孩做大辅祭呢？虽说没有大小之分，但真正重要的事情只有男人在做。侑莉现在才十二岁，因为是女性所以不可以，我担心她会在这里下意识地产生这种认识，我不想让侑莉觉得因为她是女孩子才被排除在外。"

"我再跟堂区神父说一下，您先镇静一下。"

不久后，女孩子也能当大辅祭了，看着侑莉跪在大辅祭的位置上，敲着坛子模样的小钟，海珠感到一种苦涩。为了坐到那个位置，侑莉受到了太大的伤害。但另一方面，她也非常开心，侑莉收获了抵抗不公最终获胜的经验。

那件事之后，侑莉在教堂里说了些让人不舒服的话，又和辅祭团的孩子们吵架了。她公开表示，自己以后要去神学院学习，然后当神父，"因为是女性所以不能当神父"的规定应该消失。"好好安抚一下侑莉吧。"家委会成员这样建议道，海珠点了点头，但她很想说侑莉没有任何问题。

小学毕业后，侑莉退出辅祭团，没过多久就不再去教堂了。"总有一天我会再去，但是需要些思考的时间。"侑莉这样说道。

那时，侑莉和海珠领养了一只小狗，并给它取名为"多乌"。侑莉非常疼爱多乌，无微不至地照顾着它。时间流逝，侑莉上了高中，海珠和侑莉依然每天傍晚带狗狗散步。

某天在散步的路上，侑莉悄悄向海珠坦言："以后想从事帮助动物的工作。"

"我想知道多乌为什么爱我。"侑莉说。

"爱没有理由。"

"现在一想到上帝……就会想到凝视我的多乌。"

"你的想法可真特别啊。"

海珠装作若无其事地回答道，但她还是很吃惊。不再去教堂以后，侑莉就再也没有提过上帝。

"我从未想过爱和上帝是两个不同的概念。"

侑莉面无表情地说道，然后抓住绳子跟着多乌小跑起来。

怀上侑莉时，海珠希望孩子可以拥有自己的梦想，不希望她像自己那样为了满足父母的欲望而失去追求梦想的自由。侑莉梦想成为一名神父，这个梦想现在已经成为过去。虽然小时候的梦想会发生改变，但因他人而非本人的意愿而放弃梦想的话，意义是不同的。海珠无法想象那会是一种什么样的伤害。

侑莉继续向前跑，没有放慢速度。看着渐行渐远的侑莉，海珠也加快了脚步。现在是海珠跟着侑莉奔跑的时候了。

我们荡秋千时说过的话

想和你一起荡秋千,一个大大的秋千。

那里也许是广阔的草原,也许是风平浪静的海边。不管是哪里,那里肯定天空晴朗,凉风徐徐,阳光和煦。我们会靠着秋千的靠背,望着彼此。秋千前后轻轻晃动,我们笑着望向彼此。我们心有灵犀,无须多言。但我还是想对你说:谢谢你,谢谢你陪在我身边。

你向我坦言:在那个可怕的世界上,你是一个已死之人。

"这里是平行宇宙,一个美丽的地方,完全不同于那里,所以还能活着。"

你接着说道。

"我呀……在那个世界上我一定得死，他们都说我不能活着。在那里，他们杀了我……"

我们高高地荡着秋千。

"活着真好。为自己而活是多么美好的事情，所以我想活着。做自己，为什么会成为死的原因呢？"

"我们现在生活在这里。"我说。

在这里，我们各自闪耀着不同的光芒，这里不像那里，不会有人将你置于死地，不会有人熄灭你独有的光芒。我们只需要活出自己的色彩。

在这里，我们可以用不同的声音唱歌，不会因为你的声音并非既定的声音而让你闭嘴，也不会因为你比较柔弱就随便对待你。

"是啊，这里是这样的。"你说。

"其实，一开始并非现在这样。在那里，

刚出生的孩子对世界还一无所知,在成长过程中,他们不断学习,积累经验。为了生存下去,他们要隐藏自己。隐藏自己,改变自己,去适应那个世界。为了不被他人践踏,于是去践踏他人,那个世界总是混用"不同"和"错误"。

嗯,那里,那个世界是这样的。

很多时候,活着本身已足够孤独、疲惫。人自身无可奈何的局限、不管如何努力都无法如愿以偿的困境、病痛的身体、无法与想要接触的人建立联结、在不合适的关系中耗得伤痕累累、痛苦不堪的日常。仅此,就足够艰辛了,这就是生活。那个世界又无端制造出各种痛苦,想方设法折磨你。

因为你是弱者,所以虐待你、利用你,最后却说这都是你的错,说你不能以自己的色彩绽放。他们还威胁你,你不能为自己而活,而应该为某人的权力和满足感而活。他们还让你捂上耳朵，不让你感受到心脏怦怦的跳动声，不让你听见自己真实的心声。还让满身疮痍的你埋怨自己的愚蠢。这都是你的错！

他们让你遗忘和宽恕。当你说出"爱"时，他们以伦理道德为武器反对你。当你蹲下来哭泣，用尽全力进行反驳时，他们却对你的话打了个问号，根本没听进去。

你想，如果你有只大耳朵就好了，温暖地拥抱你的又大又柔软的耳朵，它可以倾听你那青肿的、流脓的话语。

你用力荡着秋千。

这里也不是没有痛苦，只是这里的痛苦是来自对他人的共情，是从他人的故事中体会到的痛苦。所以，你在这个世界还活着，以你本然的模样闪闪发光，如此美丽的你，在那个世界已消失的你。

这里的人肯定不明白。

我们只能想象一下那个世界。那个连生命和尊严都得不到公平对待的地方，那些对你的泪水漠不关心的人，对自己的罪行浑然不知、有朝一日终将自食其果的人。正因为如此，在那个世界上你不得不消失。

　　我们的秋千荡得很高很远。

　　你欢快的笑声真好听。我们需要的仅仅是这些：可以并肩一起荡秋千的时间，以我们与生俱来的光芒尽情闪耀的时间，可以成为彼此的大耳朵的时间。

　　你呀，我在那里失去了你。

　　谢谢你陪在我身边。

文东

文东坐在图书馆前的长椅上,看到妍熙走过来,便站起身,高兴地向她招手。

"我是文东,"她说着自己的名字,调皮地望着妍熙,"我是不是老了很多?"

妍熙和她握了握手。文东身穿衬衫、西裤,化着干练的妆容,和妍熙以前认识的文东判若两人。妍熙还记得她喜欢穿原色T恤,经常穿一双有着金色鞋底的运动鞋。

"我们学校就在附近,听说老师举办读者见面活动,所以来看看,刚才坐在最后一排。"她走到妍熙面前,"知道您很忙,您要去哪里?从这里到车站,慢慢过去的话需要五分钟,一起走吧?"

"好,走吧。"

其实,妍熙有喝杯茶的时间,但她感觉和文东聊天有些不自在。五分钟的话时间正合适,不会尴尬。

"您真的还记得我吗?"文东问道。

"怎能忘记呢?像你发音这么好的学生我还是第一次见,你上大学时不是还拿了奖学金嘛。"

她们走过人行横道。

"我当时经常问问题,您不觉得烦吗?"

对于文东的提问,妍熙摇了摇头。

"我当时有很多问题想问。老师还记得吗?我曾问您韩国人真的不喜欢中国人吗?"

妍熙想起经常坐在窗边留着一头短发的文东。下课后,文东还经常坐在座位上问妍熙一些类似的难题。

"文东,我不是说过嘛,世界上到处都

有因极其荒诞的理由而讨厌别人的人。"

文东停下脚步望着妍熙。

"我以为因为我是中国人,所以老师讨厌我呢。"

说着,她收起了笑容。这句出乎意料的话让妍熙泄了气。对妍熙来说,学生永远是个体。虽然个体有好坏之分,但与国籍无关。

"我从没讨厌过你,真的。"妍熙望着文东的眼睛说道,"在国外生活已经够艰辛了,我不想再给你造成更多痛苦。如果让你有了这种感觉,真是对不起啦。"

"我知道,肯定是误会啊。"

文东说道。脸上的表情放松下来。妍熙无法完全相信她的话。她们继续向前走着,路边银杏果臭味熏天。

"在我说话或写句子时,老师指出了很多助词错误。我韩语都五级了,不可能犯这种错误，老师却说错了。我以为老师是在故意刁难我。因为意识到这一点，所以更加说不成句子，作文也写不出来。"

妍熙想起文东的作文。可以看出努力的痕迹，虽然是外语，但用语言表达自我的能力很强，也很有个性。她记得如果把助词"은는"改为"이가"，或是把"이가"改为"은는"后，文章脉络会更加清晰，所以做了改动。

"因为你要升大学了，所以特意严格了些，"妍熙说，"其实语法上没有错误，但改动后句子会更自然流畅。其实也没那个必要。"

"是吗……"文东回答，不知语气是陈述句还是疑问句。

转过拐角，地铁入口出现在眼前。妍熙突然非常担心文东会一直误解自己。她怕文东会一直记着自己在韩国遇到一位讨厌中国人的老师。她想说，自己不是那样的人，看你那么努力，只是想帮助你，其实你是那个班里我最喜欢的学生。为什么好心总不能带来好的结果呢？妍熙有些焦急，也感到十分悲伤。

"其实，我也经常用错助词。'은는'和'이가'我有时也会弄混……"

"到了。"

"要不要喝杯咖啡？在那边？"

"我还有事，要先走了。"

"要不给我一下地址？我给你寄书。"

"没关系，我家有，今天忘带了。"

"你读过了呀。"

文东点了点头。还没等妍熙说下去，文东低头道别后，就转身走远了。妍熙站在原地望着文东远去的背影，她很想叫住文东，问一下电话号码，但对文东来说，想必这一切都会是一种辩解。转过拐角，直到再也看不见对方，文东都没有回头。

文东消失在视野中,妍熙依然站在原地,像是在等人,一个不知在等谁,但依然在等待的人。

好日子

西京姐家是我们家最亲密的邻居。一九八八年，我们两家前后相隔三天搬进了同一栋公寓楼，在楼上楼下一起住了十七年。公寓楼共五层，没有电梯，每层有两家住户。我们家住在二楼，西京姐家住在一楼。除了很冷的天气，一般情况下，我们两家的大门都是开着的，每天进进出出，互相串门。

公寓楼停车场旁边有一片大草坪。我们在草坪上玩橡皮筋或单腿跳时，能透过阳台看到西京姐家。阳台上摆满了大大小小的酱缸和花花草草，穿着无袖连衣裙的西京姐的妈妈经常拿着苍蝇拍忙着拍打苍蝇。

西京姐比我大两岁,但因为她非常瘦小,看上去跟我差不多大。记得她经常扎一个长马尾,习惯低头走路,背着书包,步子缓慢。姐姐的眼睛本来就很大,当她说到激动处时,就会习惯性地把眼睛睁得更大。姐姐的爸爸妈妈经常逗她说:"你呀,再这样眼珠子就掉出来了,哎呀,太可怕了。"小时候,还不知道这是句玩笑话,一直担心姐姐的眼珠子真的会掉出来。

姐姐有个五岁的弟弟,叫东柱。我喜欢跟姐姐和东柱一起在公寓的楼顶或楼梯上玩耍,有时我会去姐姐家玩连在电视上的 Pac 游戏机。爸妈回家晚的时候,我经常在姐姐家蹭饭吃。当姐姐的父母有事时,姐姐和东柱就会待在我们家。有好吃的东西时,我们两家肯定会一起吃。到了夏天,我们还一起去山谷里避暑。

爸爸妈妈经常说"那真是好日子啊"。

他们说很喜欢和西京姐家和睦相处的日子，还说现代人太冷漠了。我点头回答"是啊"，将那时感到的害怕埋藏在心底。

那时并非只有害怕的记忆。有时我也非常怀念那些日子。比如，放学回来，聚在公寓一楼花坛边的奶奶们，一边收拾蔬菜一边说说笑笑的光景；还有邻居们一边问"放学了呀"，一边往我手里塞杏子、桃子和煮土豆这类东西的回忆。

然而，我总感觉有什么东西卡在那里，像是冰冷的芒刺一般。幼时的我无法明白那是什么，常常感觉到一种被赶到角落里的感觉。

"寒星个子长高了，都是大姑娘了""一会儿来我家，拿点小菜回去"，说这些话的热心肠的大人中，除了爸爸妈妈之外，西京姐的父母是让我感觉最亲近的大人。

我小时候不喜欢吃肉。不光是肉，连用

肉或骨头炖的汤也不喝。"就吃一块，偏食可不行。"每次去西京姐家吃饭时，叔叔阿姨都会劝我吃肉。

在当时，肉是昂贵且珍稀的食物，我应该感谢他们，所以我常常强迫自己细细咀嚼，然后咽下去。"看吧，这不是能吃嘛！习惯的话，以后就会喜欢上的。"他们说着抚摸我的头。有时会吃一块，有时会使劲儿吃上两块，我就这样一边吃着肉一边努力不让自己吐出来。

八岁那年暑假的一天，叔叔劝我吃猪蹄。可是那天无论我怎么努力，都吃不下。

"对不起。"

我道歉后闭上了嘴。叔叔阿姨像是遇到什么开心事似的，大笑起来，然后看着我说：

"啊，来尝尝。"

叔叔用紫苏叶包了一片猪蹄肉，放到我嘴边。

"张开嘴，啊，尝尝。"

我强忍着泪水,摇了摇头,可叔叔依然把包好的猪蹄硬塞进我嘴里。"慢慢嚼着吃,快点儿。"我一边哭一边嚼着猪蹄。叔叔阿姨似乎觉得那样的我非常可爱,开心地看着我。东柱看着我也笑了,只有西京姐冷冷地看着我。"你咋这么难伺候?"我从姐姐的目光里读到了这句话。

吃猪蹄的那天,我回到家就吐了,还发了高烧,浑身起疹子,连喝水都觉得恶心。

"哪个孩子不生病。"

妈妈如此安慰道。我无法告诉她西京姐的爸爸逼我吃猪蹄的事情。因为我不想让妈妈伤心,我知道西京姐的父母对我爸妈的帮助有多大,因此我不想惹麻烦。

在我十岁那年,珉成家搬来了我们公寓楼。那时,我们家和西京姐家搬来已经有七年了,邻里间已和睦相处很久。当时珉成还不到一岁。我想起珉成妈妈背着小珉成散步的画面。直到我到了珉成妈妈的年纪,才终于明白为什么我会对一些不起眼的场景记忆尤为深刻。

我仍然记得那些热情亲切的邻居们对待珉成妈妈是多么冷淡。虽不是当面冷言相对,但从大人们对珉成妈妈的态度上,可以感觉到跟平时有很大不同。

一天,和西京姐一起下楼时遇到了珉成妈妈,她背着小珉成,满面笑容地和我们搭话:"你们要去哪儿啊?"

"去游乐场。"

我回答道。而西京姐却走下楼梯,把珉成妈妈当透明人似的,完全没有理会。

"喂,快下来。"

姐姐冲我大喊。珉成妈妈的脸上露出尴尬的表情,我打完招呼后就去找西京姐了。

这样的事情之后又发生过几次,姐姐一直不跟珉成妈妈打招呼。尽管如此,阿姨并没有放弃，依然跟姐姐搭话。

"姐姐，你干吗这样？"

有一天，我实在受不了了，就问了一句，她回答：

"爸妈叮嘱我要小心她。"

"小心什么？"

"他们让我小心全罗道的人，听说那个阿姨就是全罗道的。"

姐姐若无其事地说完便转移了话题。我想起爸爸妈妈和西京姐的父母谈话时，经常说一些以"全罗道……"开头的话。我连全罗道位于韩国的哪个位置都不清楚，也不知道世界上的人还可以按照出生地区来划分。对我来说，我所住的小区就是我的整个世界，所以我完全无法理解大人们的那些话。

然而，大人们的话是有力量的。大人们叮嘱要小心的人就不得不小心。此后，如果遇到珉成妈妈，我就会躲开，如果近距离看到她，我只是点头打招呼，而不会和她对视。这样做时，我心里总有些愧疚，不过我又觉得，大人们之所以这么做，肯定是有理由的。

那之后，我们在那座公寓楼又住了十年，不记得珉成家是什么时候搬走的了，好像没住很久。我怔怔地望着冲我努力微笑的珉成妈妈，从她身边走过时，我甚至感觉到自己属于强势的大人的世界。

我被外派到英国工作时，在那里遇到了现在的丈夫，并定居在了那里。我从未想过有一天我会离开韩国，在其他地方生活，然而事情就在不经意间发生了。他是个正直且具有奉献精神的人，即便我不得不身处异乡，也不想错过他这个人生伴侣。

刚到英国时，我不太适应英国的生活。在韩国生活了二十多年的我，英语自然说得不像英国人那般流利，却有人因为我的语言问题而指责我。走在大街上，有些男人会盯着我看，我可以明显地感受到他们的目光。有人开玩笑似的说着"ching chang chong[1]、Chinese、conichiwa[2]"，笑着从我身边走过，有人以合掌的姿势向我打招呼，还有人指着我大喊大叫，让我滚回中国。

婚后，我在英国拿到硕士学位，找到了工作，生了孩子。起初，我向同事们讲述我经历的那些不愉快的经历时，他们认为那些只是有问题的个人行为。在听到有人劝告我说，将所有事件都视为种族歧视可能是一种被害意识之后，我不再试图让他们理解我的经历。

"希望你不要抱有受害者心理。""不

---

[1] 一个具有种族歧视性的词，某些英语使用者会用其来嘲弄汉语使用者、华裔，甚至是其他外貌类似华裔的东亚人。
[2] 指日语"こんにちは"，"你好"的意思，在白天见面时的问候语。

都是开玩笑的嘛。""可能是想和你做朋友吧。""是的,是有些让人不愉快。""是有些种族歧视,但也不要老这么想。"

宝宝出生后,我和丈夫跑了好几天,终于租到一套房子,在一栋五层楼的公寓,我们住在三楼。五个月大的埃丝特随我,是个敏感的孩子,经常哭闹。我经常把孩子裹在襁褓里,背着她走出公寓,一直散步到她睡着为止。在英国,即使彼此不认识,只要目光相遇,人们都会打招呼。住在同一栋公寓楼里的人,即使互不打扰,只要在楼里遇见,也都会互相问候,我们新搬来的这座公寓的人也不例外。

所以一开始我还以为是自己的错觉。我向五楼的男人和他两个年幼的女儿打招呼,但他们都没有回应。男人怔怔地看了看我,从我身边走过,看上去五六岁的大女儿也一样。这样的事情反复发生几次后,我不得不承认这就是明显的种族歧视行为。

我见过那个男人在路边拍着邻居的肩膀,和善地微笑的样子,也见过他在超市里看着收银员的眼睛,温柔地说话的样子。后来有一天,我和丈夫一起上楼,他没看见我在后面,向我丈夫微笑着热情地打了招呼。我站到丈夫身边,向他打了招呼,他只是形式上回应了一下,然后就下了楼,我僵硬地站在那里。

"怎么了?"

丈夫问。于是我向他讲述了我的经历,他说如果再见到那个男人,他会表示抗议。

"你是白人,他当然会倾听白人男子的话,抗议能改变什么?"

尽管做了说明,我依然不确定他是否理解了我的意思。

第二天,我正背着埃丝特上楼,撞见了那个男人的女儿们。小女儿低头假装没看见我,五六岁的大女儿瞟了我一眼,浅浅地笑了。望着她们吵闹着下楼的背影,我仿佛看见了小时候的自己。

那件事发生后不久,我和妈妈用Skype视频通了一次话。妈妈说西京姐的爸爸病得很重。

"他对咱们家多好啊。他可真是个好人。"

"是啊,妈妈。"

"没有人像他那么乐于助人,现在没有这种人了。"

"没错,妈妈。"

"他对你也很好。"

"当然,当然。"

我诚恳地回答了妈妈的话。因为听到小时候那么亲近的叔叔生病了,我心里也不好受。不过我不禁又想,为什么我小时候会害怕叔叔呢?为什么去西京姐家玩时并非只有美好的回忆呢?

叔叔曾经帮助过我们家，这让我们感激不尽，这个事实永远不会改变。他还曾多次借钱给爸爸，我十二岁那年，在结冰的路上滑倒，打着石膏住院的时候，他还爽快地支付了住院费。这次聊天，妈妈也说起我住院时的事情。

曾经感动妈妈的那些时光却是我最想抹去的记忆，对于这点，妈妈应该永远也无法理解。看着妈妈兴奋地讲述过往的样子，我不禁想到一些事情。

在我住院期间，西京姐一家都来看我。叔叔说带来了补药，说着递过来一个保温瓶，阿姨把装在保温瓶里的食物倒在一个不锈钢大碗里。

"我们的小寒星，吃了这个要赶紧好起来啊。"

叔叔大笑道。像是觉得这是件很有趣的事情，然后把大碗递给我。那个大碗里盛着漂着红油的肉汤。我是第一次闻那种味道，一下子就犯恶心了,阿姨又把装在饭盒里的米饭泡在肉汤里,然后递给我一把勺子。

"这是狗肉汤,把它当药全吃了吧。"

阿姨说道。

"你叔叔为你着想,特意给你买的。说声谢谢赶快吃下。"

妈妈把勺子放到我手里,拍了拍我的后背,这像是一种无言的催促,必须当着叔叔的面把它吃掉。

为了爸爸妈妈,也为了"我们",我开始用勺子舀着狗肉汤吃起来。我想起看见吃狗肉汤的我放声大笑的叔叔,以及面无表情地看着我的西京姐,还有担心我把事情搞砸了而一脸战战兢兢的妈妈。那天,我把一大碗狗肉汤都吃光了,没有掉一滴眼泪。

"那时候的日子很美好吧?"

妈妈问道。我用力微笑着,点了点头。

手写信件

好久没收到手写的信了。家里玄关门上夹着一封信,是某宗教传教士的手写字迹。可能是上了年纪的人写的,字很大,上面写着"痛苦结束后,和平就会到来,眼泪将会停流"。除了这封手写信,还有一张小小的传道纸。如果是以往,我可能会直接把它当作废纸扔掉,而这次我却感受到近似于喜悦的情感。当意识到自己的感受时,我不禁吓了一跳。这种广告性质的信件,只是因为是手写的,我竟然就会如此感动。

有一天,你说希望时间过得快些,想快点成为老人。老了之后,对世间万事就会变得淡然，已经历经过种种痛苦，即使身边有人死了或生了病，心里也不会那么痛了。你还说，到那时应该学会了如何独处，因此你觉得会比任何时候都更平静、更幸福。"啊，当然要有足够的钱。"你这样补充道。

对于你的这番话，我表示同意。因为不会再期待了，如果不期待，就不会失望，不会产生失落感，也不会品尝失败的苦果。从这方面来讲，年老之后的生活还不错。聊完这个话题后，我们还谈到养老对策。生孩子对我们来说简直就是做梦，我们知道，稍稍考虑一下现实，都会明白这根本不可能。

你是我做兼职的餐厅的店长，因为是市里比较大的分店，所以负责协调很多事情。我们一起工作了五年。你辞职回老家后，我就当上了店长，在没有你的陪伴下我又工作了五年。

今天，我们一起工作的分店关门了，我

发短信告诉了你这一消息,但不知从何时起,你不再回复我的信息,也不接我的电话。

店长,你要回老家时,具体发生了什么,至今我依然不清楚,只记得你交接工作做得很细致。我想起和你一起看你整理的手写笔记本的场景,那时窗外飘雪漫天飞舞。你说等过了年初旺季,就准备离开。我们几个做兼职的一起买了个蛋糕,还给你写了信。你辞职的前一天,我们一起吃蛋糕,喝啤酒,还去了练歌厅。

当时我还年轻,不善于控制情绪,对于你的辞职,我心情复杂,采用了间接攻击的方式来表达情绪。脸上露出不满的表情,或者不耐烦地反驳你。

店长,还记得吗?我第一次阴阳怪气地和你唱反调的那天。我刚来没多久,有个中年男人点菜时没有对我用敬语,大声喊道:"喂,你。"我咬着嘴唇尴尬地站在原地,忍

受着那种情况。"你不能大声回答吗?"那个客人大喊,这时你从身后走出来,微笑着说道:

"先生,我来帮您,您要点什么?"你看着我,示意我离开。我红着脸走开了,你一直和蔼可亲地接待那位男客人。打烊时你走过来,对我说:"美娜,刚才有些惊慌吧?我们打工人也是爸爸妈妈的宝贝女儿和儿子,也是别人家的宝贝,客人怎么能这样呢!这样的客人不多,偶尔有几个,今天是你运气不好。怎么能这样对别人家的宝贝呢!"

"我不是宝贝女儿。"

我倔强地反驳道。本意并非如此,却一不小心脱口而出。从一开始,你的善良,你对我的亲切,都令我不舒服。只要我忍一会儿就过去了,可你非要过来帮忙,我并不感谢你这么做。你帮了我,像是故意显摆似的,过来跟我说了一些不该说的话。什么家里的宝贝,要好好对待。我想,如果说能不能随便对待要根据在家里的待遇的话,那么我就是任何人都可以随便对待的人。店长,我不喜欢那句"宝贝女儿,宝贝儿子"。

工作结束后,我们一起坐地铁回家。记得有一次……由于和3号线的换乘距离较短,我们经常去3-4号站台,那个站台前贴了一张公益广告。至今我依然清楚记得,那里贴着一张大照片,照片中孩子的脸上布满伤疤,眼里噙着泪水。孩子的脸下方写着一句广告语:"现在被打的孩子长大后会成为施暴者。"看到那则广告,我情绪低落,于是对你说去另一个站台吧。

一天,我又说去1-1站台那边。你说:"美娜,好累啊,去那边的话,换乘的时候还要多走一段路。为什么总要去那边?"我指着广告说:"因为看到这则广告会很难受,所以想换地方。"你同意了。此后，即使我不要求，你也会走向1-1站台，直到那个广告牌消失为止。

我们每天都疲惫不堪。一整天都在招待客人，工作结束后，很多时候我们一路无言，只是一起乘坐地铁。当时我指着广告牌说："看到这则广告我会很难受，所以想去其他站台。"现在想来，我当时的要求不免有些过分。关于那则广告，虽然我们从未讨论过什么，但我们都明白一切尽在不言中。

看着那则广告，我不禁想，制作广告的人想法太单纯，他们以为通过这种广告就可以防止虐待儿童的行为！这种想法未免太不诚实，太懒惰了。他们以为使用这种方式就可以引起加害者的反省，想得太简单了！到底有多少被虐待的孩子会看到这则广告呢？想着想着心情便低落下来。

施虐的大人们总把施虐的原因归咎到

孩子身上。都是因为你,你被骂挨打的原因都在你身上。没有哪个施虐者会说因为自己是个卑劣之人,所以才会打骂孩子。那些连遭受虐待的原因不在自己身上这个事实都不清楚的孩子,看到那则广告后会是什么心情呢?想必制作广告的人没有考虑过吧。

看着那则广告,我似乎听到地铁站里响起一个坚定的声音,那个声音在说:"你的未来只是地狱的延续,你被大人虐待,你的未来显而易见,你以后也会变成这样的大人。"这个世界把这种信息当作公益广告展示给孩子们看!以广告的形式把这个世界既不能惩罚加害者,也不能保护孩子的事实宣告于世!

"听说被打大的孩子以后也会虐待自己的孩子。"

这句话是我长久以来的恐惧。

我害怕活着。

躺在空荡荡的房间里闭上眼睛，有时我会感觉似乎只有我的声音还活着。这个声音对你这么说："'我'并不存在，只有我的声音在回响，唯有声音可以代替我。如果连这个声音都没有的话，那么就无法知晓我的存在。"

我们很喜欢这种对话：如果可以重生的话，你想成为什么？我说过多次，我不想重生，但你一直追问。"鸟。"我回答，"听说北极上空有一种绕圈飞的鸟，我想成为那种鸟。店长你呢？"你说你想成为一棵树，还想成为一只长颈鹿，成为一条鳄鱼。"人生只有一次，世上每一种存在的生活，我都想尝试一遍。""听着就觉得好痛苦。"我说道。听完你爽快地笑了。

为什么你希望快点变老，重生一次后还要再次重生呢？我想问问你，你现在依然这么想吗？依然认为随着年龄的增长生活会变得平和，不会感觉那么痛了吗？

我想象着，当我老了，更孤独了时，会给那个写信的人打去电话。"喂，您寄的信我收到了。您是写信人吧？我们什么时候见个面吧？"我想象着自己说话的样子，还想象随着时间的流逝，我也开始写信，然后把信件插在别人家的玄关门上。

我很少跟你说我的事，不过你应该知道我和奶奶一起生活吧。

奶奶晚年经常去老人亭[1]。她每天在老人亭开门的时间出发，一直待到老人亭关门才回家。一辈子勤勤恳恳劳作，不舍得花钱，用攒下来的钱度过了余生。去老人亭时，她经常会买些零食装在塑料袋里。

在奶奶告诉我之前，我都不知道奶奶在

---

[1] 供村中老年人休闲娱乐的亭子。

那里一直受排挤。经历了人生所有苦痛的奶奶在说这句话时，竟流下了眼泪。

那里没有人跟奶奶说话，其他老人围坐在一起说说笑笑，奶奶只能远远观望。很久以前，她们就形成了自己的小团体。奶奶说如果自己有钱，或者有可以炫耀的混得很好的子女，也许就不会受到排挤了。"不，哪怕是耳朵好使一点也不会受排挤。"奶奶说道。在去老人亭的那两年里，奶奶似乎从未得到其他老人的认可，这一单纯的事实让奶奶痛心不已。这不是别人，而是我的奶奶啊！熬过所有人生苦难的奶奶，老了还要承受这样的待遇。

我想象着奶奶为了得到他人的欢心，递给她们桂皮糖的样子；为了融入她们的小团体，努力寻找机会的样子；因为没有成功而感到沮丧，即使沮丧，也无法远离，只能在一旁斜视的样子。"奶奶，为什么？您为什么要那样？为什么要那样活着？！"我烦躁地大声喊道。奶奶泪汪汪地望着我。人的心好像不会疲惫，总想更努力一些，总想更接近一些。其实我又何尝不是这样呢！

今天打烊后，放下餐厅的卷帘门，我想起了你。后来当我知道你不得不匆匆离开首尔的原因时，我想盯着那些轻率地责怪你的人说：我也一样，挨打后依然会微笑，还会看打人者的眼色，担心那人的心情，甚至还希望得到他的安慰。所以我只能沉默不语，因为我无法证实我经历的种种，因为我的痛苦在别人看来不可理解，而且看起来不太真实。我为减轻疼痛而做的挣扎也只能证明我实际上并没那么痛苦。

你过得好吗？有没有按时吃饭？有没有好好睡觉？有没有哪里不舒服？我现在不得不承认，我可能会让你回忆起悲伤的往事，可能会让你更加痛苦。我不会再随便联系你了,不会再打扰你的生活。

　　也许以前我们有机会好好说说话,有时间倾听彼此,但我知道现在为时已晚,这些连没有心眼儿的我也能看得出来。如果我没那么幼稚就好了,如果我能了解真实的你就好了,哪怕只有一点点。只是同样的假设已于事无补。不过,如果再过一些时日我们依然记得彼此的话,那时候在我们的心间,比起悲伤,思念会更多一些吧。到时候如果偶然遇到,请你一定要认出我来,到时候我也会认出你。

临时收养日记

猫咪蜷缩着趴在地下停车场角落的地面上,肚子紧贴着地,耳朵后翻。这是一只奶油色的长毛波斯猫,看上去不太适应路宿生活。即使允珠靠近它,它也没有挪动身体,只是蜷缩在角落里,毛都竖了起来。对于小区里的流浪猫,允珠了如指掌,然而这家伙还是第一次见,得帮它找到主人。这是允珠的第一个想法。那是一个星期五的傍晚,第二天也不忙。

"猫咪,没事儿的。"

允珠走近蜷缩在停车场角落的猫咪。如果是只流浪猫,那是不可能被抓住的。这只小猫龇牙咧嘴嘶叫一通，还是被允珠轻而易举地抓到了。允珠把猫咪放进地上的背包里，拉上拉链。显然这是只温顺的小猫。如果是"豆包儿"的话，做梦都别想抓到。允珠想到，每次想把豆包儿装进移动笼子，过程都很艰辛。就算男友把移动笼子竖起来，允珠抓着豆包儿把它从上面装进去，豆包儿也会挣扎着不想进去。

允珠带着猫咪去了豆包儿经常去的医院。虽然时隔三年，但院长依然认出了允珠，对她表示欢迎。没想到会再次来这个医院，记得三年前，允珠曾哭着感叹："我到底是出于什么想法养宠物的呢！"看着泪流满面的允珠，院长满脸歉意。

院长给猫咪做了检查。查看牙齿状态，猜测它顶多三岁，已做过绝育手术。

"看来是主人不小心弄丢了，应该在街上流浪了好几天，不知道有没有吃过东西。"

院长说着拿了一碗水放到猫咪面前。僵硬地坐在桌子上的猫咪看到碗里的水，咕咚咕咚地喝起来，连鼻子都伸到碗里了。给它打开一盒罐头，它一口气全吃完了，肚子里发出咕咕噜噜的声音。

允珠把它带回了家，一进家门，猫咪就跑进洗手间，躲到了马桶后面。允珠把仓库里豆包儿用过的便厕拿出来，往里面倒了些猫砂，又把放在厨房碗柜顶上豆包儿用过的碗拿了出来，倒上刚从动物医院买回来的猫粮，还倒了些水。

"猫咪，饭在这儿呢。"

允珠把饭碗和水碗放到猫咪藏身的洗手间门口。豆包儿走后，它使用的物品允珠还没有扔掉，这是允珠的秘密。猫碗还可以理解，死去猫咪用过的塑料便厕还没有扔掉，恐怕没人能理解了吧。其实，连允珠自己也不能完全理解自己。塑料便厕上似乎还有豆包儿的痕迹,这点她无法告诉任何人。

猫咪坐在马桶后面看着允珠。可能是不那么紧张了,它眨着眼睛,把两只前爪往前伸。比起其他波斯猫,它的眼睛要大一些,仔细观察的话,会发现它是个非常温和的小家伙。前爪又大又厚实,眼睛是琥珀色的。允珠盯着猫咪,有时都会忘记自己在看它。猫咪的眼睛睁开一条缝儿,似乎在给允珠一个飞吻。

睡梦中,她伸手去拿床上的手机,手背上有种柔软的触感。允珠找到眼镜戴上后,看到猫咪正蜷坐在自己腿边。四目相对,猫咪伸出两只猫爪,伸了个懒腰,凑近允珠的脸。允珠小心翼翼地抚摸着猫咪的脑袋,猫咪闭上眼睛哼哼起来。

猫咪柔软而暖和。圆圆的脸蛋散发着年幼猫咪特有的生气。你是怎么走丢的?又是怎么从家里出来的?这么想的时候,脑海中突然闪过一个念头,它该不会是被主人遗弃了吧?

有些人会遗弃自己喂养的动物。他们遗弃的理由也是五花八门:因为动物掉毛,因为屎尿味太重,因为动物长大了就不可爱了,因为生病,因为老了,还有人说因为受不了了。允珠想到那些把人类视为家人,投入感情,完全信任人类的动物们,心里就莫名难受。越是爱猫,允珠就越是觉得和人类之间有着一层隔阂。人类就是这种动物。不,是可能会成为这种动物——会背叛的动物,明知自己的背叛会让一个弱小的生命走向死亡,却依然会那样去做的动物。

允珠给猫咪拍了照片,做成传单。内容很详细,被发现的时间和地点、大概年龄、性别、性格及行为举止,甚至连声音都写上了。把正面照做成最大的照片,背面照及侧面照做成小照片,以允珠居住的小区为中心,在附近小区的墙壁和电线杆上都张贴了传单,允珠还走访了小区大大小小的六所动物医院,得到允许后,在动物医院也张贴了传单。另外,她还在 Naver 猫咪论坛以及小区居民论坛发布了帖子。

一周过去了,没有收到任何消息。于是允珠又花了一天时间,在网上重新发帖,传单张贴得更密集了。每当看到猫咪可爱的脸庞,她都会想到主人丢失猫咪后肯定会非常难过。她在 Naver 论坛和 Twitter 上输入"寻猫"和"首尔中浪区"进行搜索。

在养豆包儿的时候,允珠最害怕的就是丢失豆包儿。她想,如果豆包儿正常死亡,那她是可以接受的,但丢失的话就会承受不了。每当读到因一时大意丢失宠物的故事,允珠的心就怦怦直跳。尽管豆包儿已经不在这世上,但她仍然觉得像是自己丢了豆包儿似的。

一个月过去了,依然没有任何消息。

动物医院院长说,估计不是丢失,而是被遗弃了。如果是丢失,到现在还没有动静,这跟遗弃也没什么两样了。"允珠你就养着吧。"看着院长,允珠摇了摇头,她已经不想再爱上猫咪了,不愿再经历一次痛苦。"说不定主人还在找呢。"允珠说道。院长面无表情地看着她。

虽然一起生活了仅仅一个月,猫咪却已经把心都交给她了。允珠下班回来后,它就晃悠着胖乎乎的小肚子跑到玄关门口,两只脚站立,靠在允珠的腿上。允珠进入房间时,它走在前面,突然来个侧身倒,露出小肚皮,尾巴轻轻敲打地板。就连允珠吃饭、上网时,它的视线也一直追逐着允珠。当他们四目相对,它会眨眨眼睛,给允珠一个飞吻。允珠快要睡觉时,它就跟过来靠在允珠的胳膊上一起睡觉。到了早上,它还会爬上允珠的肚子,用脚给允珠按摩。她养豆包儿那么多年,这种按摩待遇她从未享受过。这只猫咪天生就是个小可爱。

允珠看着躺在身边睡觉的猫咪,会觉得时间过得很快。小小的鼻孔呼吸着,圆圆的肚子微微上下起伏,前爪抽动着,像是在梦中奔跑。把耳朵贴在它的肚子上,可以听到它心跳的声音。从猫咪心脏里流出来的血液,再次流进它的心脏,听着它的小动静,允珠内心一阵疼痛。

当你来到一个陌生的地方时,该多么害怕,多么茫然啊。我不愿去想你是被人遗弃了。

两个月过去了,允珠得出结论:就算猫咪是被遗弃或弄丢的,一定也是有原因的。因为她已经决定不再养猫了,所以想把猫咪送给好心人收养。她希望送给朋友,至少也是朋友的朋友，不过，周围并没有人想领养一只已经长大的猫。

"给猫咪（约三岁，公猫，已绝育）寻找家人。这是一只温顺的猫咪。"

允珠在自己的 Kakao Talk 上上传了猫咪的头像，并写下了"寻找领养家庭"的主题内容。如果有社交账号的话，就能更好地宣传了。允珠在 Naver 论坛"庆幸我是一只猫"和"猫咪呀"上面发布了领养宣传帖，还上传了她精心挑选的照片。一张系着粉色领结向上看的照片，一张钻进被子里睡觉的照片，还有一张举着一只爪子像是在说"你好"的照片。

"谢绝学生咨询。未来打算要宝宝的夫妇也免谈。现寻一位可以一直陪伴它走完一生、富有责任心、经济稳定的成年铲屎官。"

可能是文字写得太生硬了，也可能是现在是小猫出生旺季，几乎没有什么回帖。回帖内容都是些鼓励的话语:"真是个可爱的宝宝呢,可惜了""猫咪,希望你遇到好人家"。允珠不时查看论坛、私信及邮件,等待有人咨询领养事宜。领养帖大概上传一周后,那天,她正跟猫咪一起躺着,收到了一封新邮件。

这是一封主题为"领养咨询"的电子邮件。

"您好!在GODA上看到了您的帖子。不知该从何说起。我是一名女性,今年三十三岁,我和丈夫两个人一起生活。昨天第一眼看到猫咪的照片后,就一直念念不忘,所以就联系您了。我是第一次咨询此类问题。我加入GODA已经有一段时间了,一直只是潜水。您提到未来准备要宝宝的夫妻免谈,关于养猫的事情我已经跟丈夫谈过了,我们也没有要孩子的计划。我曾经养过一只猫,从上中学开始一直到工作,养了大概十五年。

我并非一时冲动才想要领养,所以请您考虑一下。"

允珠看了一眼手机就退出了邮箱。她不想把猫咪送给没有孩子的年轻夫妇,这是她的真实想法。即使夫妻俩商量好了要把小猫养好,一旦家人介入,问题就来了。儿媳妇怀孕之前从不干涉的婆家人,在孩子出生后不久就会建议把猫送走,认为养猫对孩子不好。有人还说难孕体质的夫妇是因为养了小猫,所以才很难怀上孩子,必须把猫扔掉。这种类型的吐槽在猫咪论坛上随处可见。

允珠在想,为什么婆家人连养猫的事都管,为什么她们会受那些话影响,同时她对那些由于无知和偏见而放弃养猫的人感到愤怒。她想,或许有些人真的很爱猫,只是迫于婆家的压力,没办法才弃养的。那种婚姻有什么意义呢?

"来信收悉。正如在领养帖子中提到的,

我不打算把猫咪送给没有孩子的新婚夫妇养。可能您目前没有怀孕计划,但万一改变主意或有了孩子,经常有人会选择弃养。它已经经历过一次痛苦了,我希望第二个家庭可以一直陪伴它走完一生。"

第二天早上,允珠用办公室的电脑回复完邮件,看着相册里的猫咪照片。四目相对,肌肤接触,这些比她想象的还要有力量。上班时,她也经常想到小猫,下班回家路上,为了尽快看到猫咪,她有时会一路小跑上坡。当看到猫咪见到自己高兴的样子时,她会产生一种让它久等了的愧疚。

她回到家,扔完回收垃圾,发现又收到一封邮件。

"我不知道告诉您这些会不会让您感觉不愉快,我和丈夫已经约定一辈子不要孩子了。不仅是形式上的约定,丈夫还做了手术。如果您需要证明,我们可以提供。您不愿意把小猫送给没有孩子的夫妇养,这一点我也非常理解。我在结婚前也临时收养过两次猫咪,当时我也写上了同样的条件。您点开我的ID,可以看到我上传的领养文章以及我以前的养猫记录,希望您看完后再做判断,非常感谢。"

允珠进入了GODA,点开她的ID。正如她所说,她曾临时收养过两只猫咪,后来送给人领养。一只因为肠道问题在医院住了一个星期,猫咪住院时,她每天都去医院看望,出院后一直照顾到它痊愈才送给别人领养。允珠知道住院费和医药费不是小数目。她不是那种随便养猫玩玩的人。

允珠把她之前发的帖子也看了一遍,有三篇是在养的小猫死后上传的文章,有三篇讲了猫咪对抗疾病的故事。

"它能撑到现在,医生都说太神奇了。说能够照顾成这样,生活没有不便,真是个奇迹。刚开始给这个小可爱起名字时，听人说如果起食物名字的话，它会活得更久，现在想来，幸亏当时照做了，或许我是想通过回顾一件件小事来寻找意义吧。经常有人笑着说，怎么给猫起名叫'馒头'呢。然而我却想，正因为起了这个名字，我的馒头才能一直陪我到现在，不是吗？"

这只名叫"馒头"的猫咪跟允珠临时收养的猫咪很像，不过种类、性别都不同。如果不是养猫的人，很难找到它们的相似之处。它们看人的眼神，闭上眼睛时的脸庞，甚至连淘气时的表情都很相似。看完帖子后，允珠擦掉脸上的泪水。这是一个明知结局是什么，却仍然要重新开始的人。

允珠回复了她的邮件。让她抽个时间，跟丈夫一起来看看小猫，面对面聊一聊。

猫咪把脸蛋靠在允珠的脚背上，伸出小舌头看着她。尽管不想再倾注感情，连名字都没给它起,然而接触皮肤、感受脉搏跳动时的那种温情,怎么会没有分量呢?允珠抚摸着猫咪的头,想着跟猫咪一起的时间不多了。虽然心里难受,但有一点能预感到的是,或许这是一次幸福的分手。

你好，咕咕

一天,她读到这样的句子。

"世上从来没有一模一样的两只鸡。它们在我们眼里没有什么区别,但实际上它们之间的区别与人和人之间的区别一样,自从创世以来,就没有两个完全相同的造物被创造出来。"(阿摩司·奥兹,《朋友之间》)

这是生活在犹太人共同体——基布兹——的一个孩子的心声。这篇小说的主人公莫沙伊在打扫鸡笼时,想到这些小鸡一辈子都会被关在笼子里,他决定有朝一日要做一个素食主义者。但对于这一想法,他从未告诉任何人。

她合上书页,望向窗外。

那是个下雨天,一只小鸡在游乐场的沙地上踱来踱去,好像被人遗弃在这里。她走上前去,用手抚摸了一下,感觉它瘦得连骨头都摸得到。她用手抓住小鸡,小鸡却一动不动,那小小的身体里,心脏依然跳动不止,它微弱的心跳传到了她的手指上。

"反正它不会活很久,死之前你就照顾它一段时间吧。"

听到父母的话,她在阳台上放了个纸箱,把小鸡放了进去。饭粒放在它面前,它就啄食起来,吃过饭后就靠着箱子睡觉。她给小鸡起名为"咕咕"。与大家预想的"不会活很久"不同,咕咕长成了一只半大的鸡,又过了一段时间,俨然成了一只体面的母鸡。就像为自己的样子感到自豪似的,它时常伸直翅膀,摇摇晃晃地在阳台上散步。它喝水的样子,当她去阳台时它歪着头朝她走来的样子，在她看来都是那么可爱。因为父母都爱干净，不让养小狗和小猫，所以咕咕是她培养出感情的第一只动物。

咕咕长大后，父母就把它送到父亲亲戚的农场了。那年她十岁，咕咕被送到哪里，后来怎么样了，这些问题她只能相信大人们的解释。父母说农场是个好地方，咕咕会在那里交到朋友。咕咕离开的前一天晚上，她凝视着蜷缩在毛毯上的咕咕，抚摸了好久。虽然她一直知道不可能和咕咕永远在一起，但依然想再多待一会儿。咕咕走了，她哭了好几天。

父母说她对咕咕的喜爱与众不同，他们经常把她对咕咕的爱当作笑话来讲。给小鸡取名字，总是抚摸它，还因此现在连鸡肉都不吃了。她无法理解，到底哪里那么好笑了？她想，与其因他人的反应受到伤害，不如把咕咕的故事封存起来。

成年后，酒桌上出现炸鸡时，人们会问她为什么不吃鸡肉，她会说自己对鸡肉过敏，因为不想破坏气氛。那么说的话，人们就会回答"原来如此"，就这样一笑而过。非常简单。在见到善雅之前她一贯这么解释。

善雅是她上大四时加入同一个社团的新生，在上大学之前，善雅工作过几年，和她同岁。那天善雅和她坐在同一张桌子上，善雅说："啊，我不吃肉。"大家问及原因，她若无其事地回答："因为知道了饲养的过程，所以吃不下。"坐在对面的同学说："其他的都还好理解，但实在无法理解素食主义者。"善雅静静地看着那位同学，从容地笑了笑。

后来两人一起上选修课，周四那天她们经常一起吃午饭，两人聊了很多。

"你知道鸡能活几年吗？"善雅问道。

"嗯……一年？三年？"

"平均活十五年。"

"原来能活这么久。"

"人们通过注射生长促进剂使小鸡快速成长,尽快做成商品。"

她听善雅讲了在狭小的饲养场里养鸡的故事:在连身体都无法正常移动的鸡笼里,小鸡们用嘴互啄,主人担心有损商品价值,会切掉小鸡们的嘴尖。她蓦地想起咕咕稚嫩的小嘴,还有它在阳台上走来走去的可爱模样。

"知道这些后,就吃不下了。这是我的选择,学姐。有人会说我一个人不吃,不会有什么改变。不过,即使这些都知道,却还是吃不下。为此,我挨了很多骂。"

"你知道吗?我其实对鸡肉并不过敏。"

她对善雅讲了咕咕的事情,以及听到"仅仅因为一只鸡"而成为笑柄时感到的莫名悲伤。善雅是第一个真挚地倾听她这个故事的人。善雅给她介绍了昆德拉和库切的书,她在书中遇到了和她心意相通的人。动物在成为肉之前，也是一个应该受到尊重的生命，虽然不同于多数人的想法，但这并不意味着这种想法是错误的。

在《不能承受的生命之轻》中，米兰·昆德拉讲了笛卡尔和尼采的故事。笛卡尔认为动物的呻吟声是一辆状态欠佳的马车的轮子发出的嘎吱声。他认为动物只是一种自动机，一种移动的机器。在下一个场景中，作者讲述了尼采的故事。尼采走出都灵的一家酒店，看到酒店前一个车夫正在抽打一匹马，尼采走上前去，当着车夫的面，一把搂住马的脖子，放声大哭起来。尼采正努力替笛卡尔向这匹马道歉。

她不忍心看挖掘机挖土活埋成千上万只鸡的场面（即使已经做了马赛克处理）。最近她听说有两千万只鸡鸭被活埋的新闻，她尝试想象一千多万只鸡，却想象不出那幅画面。搂着马脖子请求原谅的尼采和大规模饲养动物并进行宰杀的人之间距离太远。从这个意义上讲，我们应该是笛卡儿的后代吧？

人类食用其他动物是一种自然现象，但工厂化养殖系统的任何环节都是不合理的。她相信，即使是最终要被屠杀的动物，只要活着，就应享有最基本的生活条件，即便有人会指出这一想法非常伪善，但她至少可以说，现代工厂系统的做法并不正确。

"希望对活着的生命给予最起码的尊重。"

她不再感觉对咕咕的爱令人羞愧。

无薪休假

1

贤珠说那个房间是美莉的。就像是为了证明这句话,房间里挂着一幅美莉的画,画被装裱了起来。画的是贤珠和贤珠的小猫——"猫头鹰"。再次看到这幅画之前,美莉已经不记得自己还画过这样一幅画了。

看着这幅画,美莉想起当时作画的情景。那时贤珠租的房子位于一个山坡上,透过房间的窗户,可以看到路灯。一到休息日,她就会去贤珠家大睡一觉。她睡觉时,似乎可以感受到靠在自己肩膀上睡觉的猫头鹰的触感和猫头鹰柔软的脚掌散发出的温馨香气。

在入境韩国后被隔离的十五天里,美莉开始胡思乱想,她无法控制自己的情绪,最后三天时,她每天晚上都会大哭一场。为了不再胡思乱想,美莉重新看了一遍十年前看过的美国情景喜剧《老友记》,可是依然无法冷静下来,于是她开始在狭小的房间里来回走动。贤珠是如何熬过这种孤独的呢?望着窗外淅淅沥沥的梅雨,美莉想起了贤珠。

在美莉隔离结束的那天,贤珠开着一辆黑色伊兰特来接美莉回自己家。六个月前她们重新联系上了,两人已有三年未见。最后一次见面时,贤珠还是短发,身体瘦削,没见的这些日子,她脸上长肉了,浓密的头发留长了,绑成马尾,眼角也有了细纹。可能因为视力变差了,她戴上了眼镜。

三年前她们大吵了一架,虽然之前也没

少吵架，但那次争吵与以往不同。此后，贤珠就再没有联系美莉，美莉也像报复似的就当贤珠不存在。那段时间里，美莉真心十分讨厌贤珠。

一天，一起住的一个姐姐说了这样的话：

"夫妻吵架时，每次率先道歉的人会先死。"

听到这句话，美莉想起了每次吵架后几乎都会首先道歉的贤珠。"美莉，对不起，我们和好吧。"美莉想，先死的人不应该是贤珠，而应该是自己。想着想着她进入了梦乡，那天贤珠出现在她梦里。梦中，在漆黑寒冷的夜晚，贤珠穿着拖鞋坐在长椅上，脚上没有穿袜子。

梦醒后睁开眼，美莉发现自己已经结束飞行任务，正躺在菲律宾马尼拉的一家酒店里暂时歇脚。美莉拿了一张摆在酒店大厅的免费明信片，写上"对不起，想你了"，寄给了贤珠。没过多久,贤珠用 Skype 打来了视频电话。贤珠说:"没想到你会马上接,现在韩国是凌晨三点。"那天美莉和贤珠聊了很久。

贤珠说,在收到明信片的前几天,与病魔抗争了一年的猫头鹰走了。贤珠平静地讲述了带着猫头鹰去医院治疗的事情,以及艰难地喂药的事情。她说:"都哭了很多次了,做好了心理准备,以为会没事,没想到依然很痛苦。我们相信一切都理所当然,似乎永远存在,但事实上并非如此。"

美莉说几个月内会有休假,到时候在韩国见一面。说这些话时,她还不知道迪拜机场不久后就会封锁,不会想到同事们会被劝退,自己也在不安地等了一段时间后,最终回到韩国等消息。在此期间,贤珠在首尔近郊的一个小村庄买了套住宅,搬到了那里。美莉说暂时要在韩国生活时,贤珠让她来自己家,说给美莉准备好了房间。

美莉非常感激贤珠的提议,但她并未欣然答应。就在这时,以前一起工作的姐姐正好联系她,说自己在光州市开了个餐厅,在韩国期间,如果想打工,可以来光州,并让她在八月的第一周之前给她回复。七月的第三周,美莉隔离结束。在隔离期间,她苦恼了很久,最终联系了贤珠,隔离结束后直接去了贤珠的家,她最想做的还是和贤珠好好聊聊。

美莉到了贤珠家,收拾完行李,睡了一会儿午觉,起来一看已经是五点了。她感觉有些口渴,走到外面,只见贤珠站在厨房里淘米。

"睡得好吗?饿了吧?"

"嗯,肚子饿了,口也渴了……水在哪里?"

"水在冰箱里,你想喝什么随便拿。"

贤珠倒了杯清凉的大麦茶递给美莉。

"杯子在这里,盘子在那边,汤锅和平底锅在下面,拉面和罐头在冰箱旁边的收纳柜里,饼干和茶也在那里。"

贤珠一边打开收纳柜的门一边说明。

"今天晚饭我来做,你再休息一会儿吧。"

"好,那我来洗碗。"

贤珠拿出铁锅做了豆芽饭,放上陈年泡菜煮了个清国酱,然后做了吃豆芽饭时配的调味酱,又炒了个土豆,还烤了青花鱼,最后洗了洗生菜、苏子叶和菜椒。

"是黄豆芽饭啊。"

"嗯,调味酱在这里。"

贤珠看起来有点儿紧张,把小菜放在美莉那边,却不敢直视美莉。

"真是好几年没吃了,我们之前不是经常吃'韩锅'家的盒饭嘛,豆芽饭盒饭。"

美莉说。

"是啊。吃完一小时后肚子就饿了。"

"对。"

两人都吃了两碗米饭,然后往粘有锅巴的饭锅里倒入热水,又喝了锅巴汤。美莉聊起自己被隔离时的事情和在迪拜的故事,贤珠一边吃饭一边默默地听美莉讲话。

"现在一个人生活怎么样?工作也在家做,不闷吗?"

美莉问道。

"正在适应。"

"不孤独吗?"

"有点儿……不过这点儿孤独还是能承受的。"

察觉到贤珠对自己的提问感到不舒服,美莉辩解似的说道:

"我从未一个人生活过,以后我可能也要一个人住,所以才问的,没有其他意思。"

"我知道。"

贤珠望着美莉,莞尔一笑。

"创作还顺利吗?"

美莉问道。

"每天都一样,最近不能经常出门……可能因为这个原因,创作不太顺利,这么说可能是借口。"

"看了你最近的作品,感觉你变自由了,所以很开心。我觉得你现在做得很好。"

"谢谢,我也有同感。"

贤珠的回答让美莉大为惊讶,又十分安心。如果换作以前的贤珠,肯定会说"不""并非如此""太糟糕了"。如果是在更早,她会说"这什么都不是",她经常这样轻视自己的作品。贤珠每次这么说时都会触动美莉敏锐的神经,因为这并非谦虚之词,贤珠的确这么认为。她从不相信理由明确的好评,只听那些最残忍、最残酷的恶意评价,好像那才是真相一样。她似乎并不知道她的这种态度会伤害到爱自己的人。

"是啊,你能这样认可自己,我也很开心。"

听到美莉的话,贤珠轻轻点头,说道:

"我在努力。"

2

在贤珠家的第二天,雨停了,温暖的阳光透过客厅的大窗户洒下来。窗外,不远处有座小山,院子里立着一棵树。窗玻璃上雨迹斑斑。

"猫头鹰在那里。"

贤珠指着窗外说道。

"哪里?"

"看到那边的树了吧?"

"院子里的那棵?"

"对,是那棵。要不要出去看看?"

美莉跟着贤珠来到院子里。贤珠蹲在长着绿色小果实的树前,用手轻轻抚摸泥土,下面埋着猫头鹰。

猫头鹰是只温和的小猫。美莉一进贤珠家,它就会咚咚咚地跑过来,头部抵住她的腿,用前脚轻拍地板,让她摸自己的头。三年前最后一次见面时,它好像认出了美莉,睡觉时会露出自己的小肚皮。

贤珠和猫头鹰一起生活了十四年。贤珠从未想过要养动物,在小寒那天,天气冷到手指都要冻掉了,一只小猫跟着贤珠进了家门,并住下不走了。因为它长得像只小猫头鹰,所以美莉给它取名"猫头鹰",贤珠也跟着叫这个名字。自从父母到南海郡的一个村庄务农后,猫头鹰实际上是贤珠唯一的亲人。

"好热,我们进去吧。"

贤珠拍了拍手，站起身来。

"要不要看我最近的作品？昨天好像没给你看工作室。"

"可以看吗？"

"当然啦，我去洗个手，你先进去。"

美莉一时有些惊讶，然后朝玄关旁边的工作室走去。在画作完成之前，除了画廊的人，贤珠从不向外人展示自己的作品，美莉也不例外。

那是贤珠读美术史硕士时发生的事情。那天，美莉去贤珠家玩时，发现洗衣机上放着一张白布，她没有多想就掀开了，发现画布上只画了一半，一眼就能看出是贤珠画的。

"你干什么？"

贤珠一边说，一边用画布盖住了画。

"只是想看看你的画……"

"走开。"

贤珠说道，脸和脖子涨得红通通的。从

高中到大学,贤珠一直都给美莉看自己的画,所以美莉很难理解贤珠为何如此惊慌。

"我不能看吗?"

"走开。"

贤珠说道,避开美莉的视线。美莉想,当时自己的脸应该和贤珠的一样红。

当时贤珠一边读研究生一边在美术补习班做兼职讲师。首次展会结束后,她的作品开始有了销路,不过贤珠依然在补习班上班。当时,贤珠和美莉都没有想到贤珠会全职画画,因为贤珠和美莉一样现实,不做白日梦,但贤珠走出了自己的路,她找到了适合的画廊,并说服了他们。首届展会上挂出的画作在展会期间几乎全部售罄。

贤珠不向外人公开自己的画作,却提前给男友看。贤珠对美莉说,男友会从客观的角度给出意见,说他对美术了解颇多,看过很多画作,所以值得信赖。当时美莉还不知道,所谓的"值得信赖的批评"其实是在贬低贤珠的优点,有意侮辱她。

美莉当初就对那个男人不太满意。当贤珠和她在一起时,那男人不停地给贤珠打电话问和谁在一起,人在哪里,而且美莉在场时他也经常开玩笑贬低贤珠。这样的时候,美莉很难管理自己的表情。

看着贤珠的画,他带着开玩笑似的轻松语气说道:"这种画不是只有你能画出来吧?这种作品随处可见,或许能马上卖出去,但也仅此而已。"

贤珠辞掉兼职工作成为全职画家时,他经常笑着说:"贤珠,你运气可真好。"

贤珠经常若无其事地把这些讲给美莉听。

那男人还到处散布谣言,说贤珠有疑夫症,对自己很执着,试图控制自己。

随着时间的流逝,美莉才开始理解他为何会编造并散布关于贤珠的虚假传闻。他想说的是：贤珠，你不是什么复杂的人，也不怎么特别，你就像那种女人，不，应该就是那种女人。他抹去贤珠的所有历史，抹去她的个体性，抹去她独有的特性，试图以"纠缠男人的女人"的典型形象来掩盖贤珠的特别之处。被谣言渲染的贤珠不再是个拥有独特之处的人和画家。

一打开工作室的门，颜料的味道扑鼻而来。光线透过宽大的窗户洒下来，墙壁和天花板都是白色的，房间非常明亮。丝网印刷机放在角落，旁边放着一张宽大的书桌，上面放着一台MacBook笔记本电脑，电脑旁边是台打印机。有几张画布翻过来靠在墙上，工作室中央的画架上放着还未画完的画布。涂了底色，上面只有素描，所以很难想象是幅什么画。

"过来看看已经画完的画吧。"

贤珠把靠在墙上的画布一一翻过来。是有许多孩子登场的系列作品。孩子的年龄从两三岁到十岁左右。画中,孩子们沉浸在不同的游戏里。贤珠走到对面墙边,把一幅最大的翻过来。画中,一个五六岁的女孩在画画,背景中充满了光芒。

贤珠站在作品旁边,紧张地交叉双手望着美莉,美莉一眼就认出了那个孩子。

美莉喜欢蜡笔的味道,她喜欢用蜡笔在画纸上画画时的柔和感觉。铅笔的石墨味儿和木头味儿她也喜欢,在调色板上整齐地挤出水彩颜料时的感觉也很棒。在调色板上拿着画笔混合颜色、用铅笔画素描的满足感让她开心。美术补习班的寂静可以让她安下心来,忘记外界,完全专注于绘画的瞬间。画画时,就像在下雨打雷的日子里来到一个小而安全的避风港。美莉画画很有天赋,她自己也很清楚这一事实。意识到自己能力的那一刻心情非常棒。

美莉从小参加了各种比赛,比如消防海报制作比赛、植树海报制作比赛、"六二五"纪念海报制作比赛、科学想象美术比赛和消防车美术比赛等,在这些比赛中,她总能获得第一名,登上领奖台领取校长颁发的奖状。老师亲切地称赞她"美莉你怎么画得这么好"的声音,以及同班同学说"看看美莉的画"的感叹声,都让她开心极了。不管是什么样的称赞,美莉都没有忘记,而是牢牢记在心里,因为她总想确认,在这个世上自己并非无用的存在。她想,是啊,我是为了画画而出生的孩子,我要画画,我会画得更好,我会成为画家。如果成为非常有名的画家,大家都会为我感到骄傲,也会给予我更多关爱。

至少在绘画方面,父母似乎也认可美莉。参加全国大赛获奖时,美莉只有在那一瞬间感觉到自己是和其他孩子一样有价值的人。

高中二年级时,在美术补习班美莉第一次见到贤珠。虽然两人学校不同,但乘坐同一补习班的面包车,认识后很快成了朋友。后来,两人又考上同一所大学的同一个系。从十八岁相识到二十五岁,两人形影不离,甚至被周围的人称为"一对"。

美莉无法从正在画画的孩子身上移开视线。贤珠笔下自己幼年的样子,美莉看了很久很久。贤珠似乎在用那幅画和美莉说话。

贤珠的画中总能看到贤珠这个人,她觉得除了贤珠之外,其他人不会这样画。用绘画作品让人产生这种想法并不容易,贤珠本人比谁都清楚。美莉忆起自己焦急地坐在空画布前的时光,她无法克服那种焦虑和迷茫。

大学二年级快要结束时,美莉放弃了画画,当时她在准备期末作品。她集中精力画了很久，蓦然望向窗外，太阳下山了，高架桥上车流不息，散热器上冒着热气，从走廊上传来男孩们拖着鞋子边走边笑的声音。美莉感觉到那是最后一刻了，她再也无法忍受那种状态，也不想再勉强自己。决定放弃后，她好像从长期束缚自己的链子中解脱出来了。

此后，美莉继续画画。因为要毕业所以画，因为要在美术补习班打工所以才画。无聊的时候会在素描簿上画几张素描。成为乘务员后，她把美术当作爱好继续画画。就这样，美莉才能把自己一生中最爱的事情留在身边。

这一切都始于五岁那年第一次被送到补习班学习美术。过去很长一段时间，她一直认为美术是孤独不安的童年里得到认可和证明自我的工具。看着这幅画，美莉想起了小时候。在她很小的时候，画画就是她与世界愉快相处的方式。与大人们不同，画欢迎美莉，并拥抱她。画画时，美莉可以忘掉所有事情，全身心投入。画画让美莉活了下来。这一事实她已遗忘许久，站在贤珠的作品前她这么想着。

3

三年前，母亲去世时，美莉只参加了葬礼，葬礼结束后便马上回了迪拜。她不知道如何消化这件事，也不知道用什么语言表达自己的情感，所以一时没有把母亲的事情告诉贤珠。大概两个月后，美莉向贤珠随口提了句母亲去世的消息，贤珠非常无奈地说，实在无法理解美莉的态度，为什么隔了那么久都没告诉自己，又怎么能若无其事地把这事说出来，这些实在令她无法理解。

贤珠还评价说："你一年只去疗养院看望母亲一次，简直太残忍了。再怎么说她也是生你养你的人,怎么不考虑自己得到了什么,只拣不好的记忆去判断自己的母亲,你这么做太不成熟了。"看到贤珠态度如此冷漠,美莉也禁不住想要攻击贤珠,于是她抨击了贤珠的男友,以及贤珠没有自信的工作态度。就像美莉了解贤珠一样,贤珠也比任何人都更清楚美莉的弱点,争吵可能会进一步升级,但贤珠没有再说下去,直接挂断了电话。

好,离开吧!从我的人生中消失吧。当时,美莉真心这么想过。对于和贤珠的亲密关系,她感到厌烦,她不想忍受别人的随意触犯,即使那人是贤珠。此后,一切都变得非常糟糕。有时她会无意识或有意识地伤害到一起生活的同事。即使飞到外地,她也只待在酒店里,不怎么出门。以前很多事情可以一笑而过,但现在内心深处总是会很在意。和相恋两年的恋人也分手了。看到周围的人痛苦悲伤的样子,她无法产生共鸣,反而感到一种奇怪的满足感。当她意识到自己的这副样子时,美莉不得不承认很多事情脱离了正确的轨道。

美莉总是逃避自己的问题,这是她唯一的生存之道。她逃离自己的愤怒、不安和悲伤,尽量不回顾过往。她把注意力放到工作上,同事说她像个工作狂,其实只说对了一部分。她有时是喜欢工作,但很多时候不工作的话她会感到十分空虚,产生莫名的不安。和贤珠吵架后,她无法集中精力,经常做噩梦,感觉胸口堵得厉害,就像有人在胸口插了一把冰冷的尖刀,她经常感觉头晕目眩、眼睛疼。她拼命地逃走,走到尽头却发现还要面对无法逾越的高墙。

上五年级时,美莉的父亲去世。父亲在她出生那年就开始与病魔做斗争。

"我说过,那个丫头就是个煞星,为什么生下来惹祸。"

在父亲的葬礼上,美莉偶然听到奶奶对母亲这么说。母亲一言不发,像个罪人一样低着头。母亲在提到自己的艰辛时总是这么开始:自从生下美莉,我就没有交过好运;这孩子百天时,丈夫生病,家道中落,这些都是从生下美莉开始的。

小时候,为了不被抛弃,美莉曾努力讨好他人。不过,到了青少年时期,她开始紧闭心门。放学后,直接去美术补习班,尽可能在那里拖延时间,最后才不得不回家。后来她长大成人,母亲开始生病,她尽最大努力不去评断母亲的生活。母亲从十三岁开始给别人家做保姆,在此期间遭了多少罪,她早有耳闻。母亲出生在一个连生七个女儿,最后才生了儿子的大家庭里,排行老五。在这样的家庭里出生的母亲,简直就是被买卖的牛马。想到母亲的这种处境,她经常心痛得泪流满面。

你知道我是怎么活下来的吗?这是一句具有魔力的句子。像你这样无忧无虑的孩子绝对不会知道我受了多少苦、心里积了多少委屈。母亲坚信自己绝不会给别人带来伤害。"你知道我是怎么活下来的吗?"吃饭时,放学回家后,醒来时,美莉总能感觉到母亲说这句话时的眼神。"谁会喜欢你这样的孩子啊。"有时母亲会笑着说这么一句,语气听起来甚至有些亲切。

买完东西从超市回家的路上,美莉出神地望着开车的贤珠。贤珠开车时经常戴一副蜻蜓模样的褐色墨镜。看着贤珠时,美莉想起那个时候贤珠开车送自己去疗养院看望母亲。贤珠每年开车送美莉去一次疗养院,距离首尔往返六小时的车程。

人们说,阿尔茨海默病中期的美莉母亲,在疗养院里找到了因过往痛苦的回忆而无法得到的平和,但美莉的访问总让母亲失控。当她走进母亲所在的四人间病房时,母亲一看到她就咬牙切齿,对她说各种恶毒的话。美莉第一次去疗养院时,母亲恶狠狠地诅咒她,还向地板吐唾沫。

母亲没有生病时,会把对美莉的敌意伪装得极其细致。虽然是一种异常执拗的折磨,但是母亲对美莉表现得十分亲切,甚至不会让人发觉。但在她失去社会性自我,无法控制意识后,就不再对美莉隐藏这种情绪。母亲对美莉的厌恶是如此纯粹,在美莉看来,这反倒是一种自由。

看到美莉时,母亲每次都恶言相向,无法控制情绪,变得痛苦不堪。就这样,美莉看一眼母亲,然后在休息室拖延一会儿时间,之后再去找贤珠。美莉并没有把这一情况如实告诉贤珠。

回到家后,两人换上舒适的衣服,坐在客厅的沙发上喝着罐装啤酒。电视上正播放轻松的脱口秀节目,即使看到有趣搞笑的内容,贤珠的表情依然十分镇定。贤珠在别人笑的时候不怎么笑,却在莫名其妙的点上大笑不止,美莉喜欢这样的贤珠。就在短短半年前,她还非常讨厌贤珠,不想再见到她,但看到贤珠就像从前那样坐在自己身旁,她感觉一切都是那么不真实。两人在一起待了三天,她明显体会到过去三年所留下的空白。

美莉躺在沙发上,贤珠拿着褥子躺在沙发旁的地板上,然后用T恤擦了擦眼镜片。

"什么时候开始戴眼镜的?"

美莉问道。

"大概一年前吧。"

"你视力不是一直不错吗?"

"不知道,现在不戴眼镜就看不清,可能因为总是哭吧。"

说完,贤珠若无其事地摘下眼镜放在地板上,躺下枕在抱枕上。

"最近也经常哭吗?"

贤珠没有马上回答,她闭着眼睛,然后突然睁开眼睛看着美莉。这时传来了壁挂式空调咯吱咯吱的转动声,贤珠犹豫片刻,小声道:

"我以为你不会原谅我了。"

贤珠怔怔地看着美莉,依然是一副不能确定两人是否和好了的表情。贤珠突然说出的一句话,让美莉内心起了涟漪。时隔两年半,两人用 Skype 通话时,互相道歉,聊了其间发生的很多事情,但对于三年前的争吵,两人只字未提,因为她们担心如果重新提起,最终又会造成伤害。

"当时那些话不是真心的,我故意想伤

害你才那么说的。"

美莉说。

"我知道,人在很累的时候难免会那样。"

"是啊。"

"我似乎总是在你累的时候让你更辛苦。"

贤珠没有直视美莉的目光。

"哪有的事儿。"

话虽这么说,但美莉心里暗暗同意贤珠的话。

上大二的时候,美莉向贤珠讲述了自己的童年以及自己和母亲的关系。这些话她从未对任何人说过,但对贤珠她敞开了心扉。

"哪个妈妈会讨厌自己的孩子呢!"

贤珠说道,仿佛听到了什么荒唐的故事。美莉哑口无言,笑着试图挽回自己的话,装作刚才是在开玩笑的样子。看着美莉的反应,贤珠接着说:

"你怎么知道妈妈的真心。也许你们只

是性格不合，也许是你妈妈不擅长表达自己的心意。美莉，没有哪个父母不爱自己的孩子。"

"你说得对。"

说完，美莉不再吱声。世人也和贤珠一样，他们的合唱让美莉变成一个敏感的人。美莉努力从母亲的语气、表情、动作中，寻找"没有哪个父母不爱自己孩子"这一理所当然的事情，她就像一只在主人餐桌下等着捡吃碎末的小狗一样努力。如果找到母亲爱自己的小小证据，她就抓住那个微小的东西，赋予极大的意义。哪怕是通过这种方式，她也要让自己归属于那个信任共同体，她不想成为一个连人人都认为理所当然的母爱都没有得到的人。这种态度逐渐成为一种习惯，她成了一个对别人的语气和表情都非常敏感的人。

遇到贤珠后，美莉才明白爱是种很明确

的事实。爱并非一种需要努力找出证据的痛苦劳动,不是一种走进某人的内心深处,在黑暗中瑟瑟爬行的探索,也不是一种只有证明了自身价值才能艰难得到的补偿。爱是自然的、温柔的。是贤珠教会了她这些。和贤珠在一起时,美莉感到十分有安全感。贤珠认为美莉只要在自己身边就够了,从不要求其他。

贤珠不理解美莉的痛苦,这并非她的错。超越自己的经验,想象别人的生活,这对每个人来说都非易事。最重要的是,贤珠真心相信美莉是个值得无条件被爱的人,因此,她不相信美莉的话,甚至感觉那些话让她不舒服。

在理解贤珠的同时,美莉也有碰壁的感觉。为什么自己希望贤珠能完全理解自己呢?为什么如此想得到贤珠的理解呢?所以当美莉再次提起这件事时,贤珠只是将此视为小孩子在发牢骚。因此,在某个瞬间,美莉放弃了让贤珠理解自己某一部分的想法。也许世界上最难得到的认可,是希望别人对自己痛苦的认可吧。

因此,在母亲去世这件事上,她不应该要求贤珠理解自己的复杂感情。即使知道这一点,美莉还是对贤珠充满期待。对他人充满期待,然后再次受伤,再次生自己的气。于是,她想通过逃离贤珠来惩罚自己,但在意识里认为是贤珠抛弃了自己。即使她内心明明知道,并非贤珠抛弃了自己,而是自己逃离了贤珠。

看着睡在一旁的贤珠,美莉久久不能入睡。

4

贤珠还没起床。美莉躺在沙发上翻来覆

去,最后站了起来。她接了一桶水,倒入洗涤剂,搅拌好,拿着海绵和玻璃刮走出房门。然后她拿来一旁的折叠式钓鱼椅,踩在上面,开始用海绵擦窗户。把用过的海绵放到桶里,桶里的水立马变成暗灰色,最后她用玻璃刮从上往下刮干水分,接着用同样的方法把工作室的窗户也清洁了一遍。透过明净的窗户,美莉静静地欣赏着外面的风景。

要不要去打工,三天后就一定要给答复了。如果决定打工,第二天就要去光州。她比任何人都清楚,这是一次很好的机会,美莉却无法轻易做出决定。

在贤珠家,美莉可以说吃得好睡得香。在迪拜时她等了很长一段时间,虽然那时不用上班,但她一直心绪不宁。在韩国隔离期间,面对不确定的未来,她感到焦虑不安。心中海浪翻涌,海上漂浮的垃圾涌向海边,美莉无力收拾那些垃圾。

对此,贤珠什么都没有问,是去光州,是留在这里,还是有其他对策,失业后有何计划……她没有表现出任何担忧,哪怕是随口一问。

美莉一度认为贤珠过早过上了退休老人的生活,她还没有去结识更多人,没有去看更广阔的世界,只在原地踏步,美莉认为这是一种倒退。但是,和贤珠一起生活几天后,她发现自己的判断就是一种傲慢。贤珠只是按照自己的速度在慢慢前行。和贤珠一起吃饭时,睡觉前躺着聊天时,欣赏贤珠的作品时,美莉逐渐意识到自己对贤珠竟一无所知。不,应该说即使是很久以前,她也对贤珠一无所知。

贤珠让美莉看完工作室后,她画画时就一直开着工作室的门。从工作室传来收音机的声音,那是一个嗓音明朗的主播主持的下午节目,主播在接听听众的电话,进行快速问答环节。从高中开始,贤珠就习惯开着收音机画画。"知道吗?收音机的声音就像光一样,电视台会把声音转换成电波,收音机又把电波变成声音。"她想起贤珠说这话时眼睛闪闪发光的脸庞。贤珠只听直播节目。她说喜欢那种虽不在同一空间,却在同一时间跟某人一起的感觉。直到现在,美莉才有些理解这句话了。

美莉坐在沙发上写日记,贤珠工作结束后喊美莉过去。

"要不要过来看看?"

贤珠向美莉招手。

画已完成一半。画中,七个五六岁的孩子在沙滩上玩得正高兴。随着画作的完成,美莉越发被这幅画吸引。贤珠捕捉到的那一瞬间,孩子们被定格在了幸福中。

美莉也有过这样的时间。玩着玩着沙子,太阳很快就落山了,风也变凉了。如果不去在意时间,似乎可以阻止时间的流逝,于是她更加专心地玩耍。等她再次抬起头来,发现一起玩耍的小朋友们都消失不见了。每当这时,她总会有一种再次跌入分离的世界中的感觉,她开始感到害怕。美莉还记得,那时间很漫长,但同时也只是一瞬间。

"带素描簿了吗?"

贤珠问。美莉的视线一直在那幅画上。不管走到哪里,美莉都喜欢拿着素描簿画这画那,每次等她回到韩国,都会拿给贤珠看。

"忘带了。"

"给你一本吧?"

"嗯,好呀。"

看着贤珠的背影,美莉希望贤珠没有察觉到自己在说谎。

最后一次去疗养院看望母亲时,美莉拿了三张她在母亲年轻时画的画。母亲平时对美莉的画从未说过什么,美莉认为这是母亲认可自己的方式。哪怕通过这种方式，她也想更靠近母亲一些。美莉把画交给疗养师，然后在病房前的走廊里观察母亲的反应。母亲弯着身子坐在床上，一张张地翻看，然后面无表情地把那一张张画横着一下、竖着一下撕碎了，最后揉成一团，扔在地上，用力踩了一脚。撕碎自己、揉搓自己、脚踩自己的母亲！这就是美莉见到的母亲最后的样子。

决定不爱美莉，这是母亲的自由。虽然不知道个中原因，但母亲应该有自己的理由，因为母亲的人生属于她自己。但美莉没有选择。美莉害怕、厌恶母亲，有时甚至希望母亲死去，但她无法选择不爱母亲。这样的人生是自己的吗？美莉无法轻易作答。此后，美莉就不再主动画画。

贤珠递给美莉一本新素描簿、一支铅笔和一块橡皮。美莉一边摆弄着素描簿，一边盯着自己抚摸素描簿的手,盯了很久。

贤珠靠在沙发上望着窗外。她穿着一件大大的绿色 T 恤、一条过膝的黑色半截裤。小腿和胳膊上有许多蚊子叮咬的痕迹。美莉看到现在的贤珠和紧紧背着灰色背包、迈着矫健步伐的小贤珠重叠在了一起。贤珠沉默寡言,但她写的信和纸条总能打动美莉。贤珠向美莉走来,她的那份温暖,对自己来说是一种过度的奢侈。因此,美莉有时感觉贤珠不好相处。因为对美莉而言,所谓关系,就是一种每时每刻都从对方的视角来审视自我,彻底隐藏自我的荒芜的劳动。

如果能轻松地接受贤珠的爱,该有多自由、多舒服啊,如果我能做到那样该多好啊。回想起来,现在最终剩下的,只有因这样活着而积攒下的疲劳。因为没有信心拥有真实,所以经常选择即使失去也不会受伤的关系。反正迟早会失望,那就对不真实的人感到失望吧。如果被真正爱的人伤害，支离破碎的自己似乎就无法修复。贤珠是美莉唯一一个冒险选择交往的朋友。"再向我走近一点。"她把这种渴望藏于内心，没有告诉任何人。

橙色的阳光拖着长长的尾巴，照射着院子中央。贤珠扶了扶眼镜，出神地望着窗外，而美莉凝视着贤珠。这时，她突然想起在贤珠以前的家里，她们打开窗户，出神地望着雨水滴落的那年夏天。

一起躺着听《申海澈的幽灵站》[1]哈哈大笑的记忆；煮了一锅咖喱，连续几天只吃咖喱的记忆；在地暖出现故障的夜晚被冻醒，发现贤珠给自己戴上帽子，围上围巾的记忆；睡懒觉醒来后，发现贤珠出门前做了米饭，煮了一锅汤的记忆……对美莉来说，那个时期是另一个童年。美莉想，

---

[1] 韩国歌手申海澈主持的一档广播节目。

就像不能回到孩童时代一样，那一时期也不能重演。虽然以后也会和贤珠见面、来贤珠家，但贤珠的家不会像贤珠说的那样，是自己随时都能回来的地方。美莉认为贤珠也知道这一事实。

"美莉呀。"

贤珠指着客厅的窗户喊道。一只棕色的山鸟从柿子树上飞下，落在院子里。就像看到什么了不起的事情一样，贤珠感叹道：

"看看这小家伙，美莉！"

第二天早上，美莉走到院子里，把折叠式钓鱼椅打开，翻开素描簿。远处传来摩托车声、山鸟声和狗叫声。虽然还是大清早，但阳光很热，空气潮湿，身上渗出了汗水。美莉用手背擦拭着额头上的汗珠，开始用贤珠给的铅笔画眼前的柿子树。画完柿子树后，她把贤珠也画了上去。画中，贤珠正视前方，一只手触摸着柿子树。"贤珠笑一笑。"拍照时让她微笑的话,贤珠起初会很害羞,但有一瞬间她会露出灿烂的笑容。贤珠的那个笑容,美莉不用看也能画出来。

图书在版编目（CIP）数据

即使不努力 /（韩）崔恩荣著；杨雪梅译 . -- 北京：北京联合出版公司 , 2023.7
ISBN 978-7-5596-6925-4

Ⅰ . ①即… Ⅱ . ①崔… ②杨… Ⅲ . ①短篇小说－小说集－韩国－现代 Ⅳ . ① I312.645

中国国家版本馆 CIP 数据核字 (2023) 第 086928 号

北京市版权局著作权合同登记号 图字：01-2023-2748 号

即使不努力

作　　者：[韩] 崔恩荣
译　　者： 杨雪梅
出 品 人： 赵红仕
策划机构： 明　室
策划编辑： 赵　磊
责任编辑： 龚　将
特约编辑： 孙皖豫
装帧设计： 山川制本 workshop

北京联合出版公司出版
(北京市西城区德外大街 83 号楼 9 层　100088)
北京联合天畅文化传播公司发行
北京市十月印刷有限公司印刷　新华书店经销
字数 85 千字　787 毫米 ×1092 毫米　1/32　7.75 印张
2023 年 7 月第 1 版　2023 年 7 月第 1 次印刷
ISBN 978-7-5596-6925-4
定价：45.00 元

版权所有，侵权必究
未经书面许可，不得以任何方式转载、复制、翻印本书部分或全部内容。
本书若有质量问题，请与本公司图书销售中心联系调换。
电话：(010) 64258472-800

애쓰지 않아도 (Even If We Don't Try)
Copyright © Choi Eunyoung, 2022
First published in Korea in 2022 by Maumsanchaek
Simplified Chinese edition copyright
© Shanghai Lucidabooks Co., Ltd, 2023
All rights reserved.
This Simplified Chinese edition published by arrangement with
Maumsanchaek through Shinwon
Agency Co., Seoul.

This book is published with the support of the Literature
Translation Institute of Korea (LTI Korea).
本书由韩国文学翻译院资助出版。